AF310717

MANON LESCAUT

DRAME EN CINQ ACTES, MÊLÉ DE CHANT

PAR

MM. THÉODORE BARRIÈRE ET MARC FOURNIER

REPRÉSENTÉ POUR LA PREMIÈRE FOIS, A PARIS, SUR LE THÉATRE DU GYMNASE, LE 12 MARS 1851.

DISTRIBUTION DE LA PIÈCE.

LE CHEVALIER DES GRIEUX. . . . . MM. BRESSANT.	JASMIN, hôtelier. . . . . MM. ANTONIN.
LE COMMANDEUR DE BRÉBOEUF. . . . . . VILLARS.	LE VALET DE L'HOMME DE QUALITÉ. . . . . BORDIER.
LE VICOMTE RAOUL DE SYNNELET. . . . . . DUPUIS.	UN NOTAIRE. . . . . BORDIER.
L'HOMME DE QUALITÉ (le marquis de ...). . . . NUMA.	UN JOAILLIER. . . . . PRISTON.
LESCAUT, sergent au régiment du roi. . . . . . GEOFFROY.	MANON LESCAUT. . . . . Mᵐᵉˢ ROSE-CHÉRI.
LE COMTE DES GRIEUX. . . . . MARCHAND.	JUSTINE, camériste de Manon. . . . . FLORENCE.
FRANCOLIN, sergent de la maréchaussée. . . . . LANDROL fils.	UNE MENDIANTE, SOLDATS DE LA MARÉCHAUSSÉE, INVITÉS, LAQUAIS, etc.

ACTE I.

Une hôtellerie aux environs d'Amiens.— Une cour plantée d'arbres, fermée par une grille dans le fond; à gauche, l'hôtellerie. Au premier plan, une tonnelle; à droite, un pavillon avec un balcon.

SCÈNE I.

LESCAUT, * JASMIN, LE COMMANDEUR DE BREBOEUF. (*Au lever du rideau le Commandeur est au fond et regarde dans la campagne. Lescaut est assis à une table chargée de bouteilles. Jasmin entre en scène venant de la gauche et sortant de l'hôtellerie. Des valets vont et viennent d'un air empressé.*)

LESCAUT, *frappant avec son verre.*
Jasmin, monsieur Jasmin !

UN LAQUAIS, *paraissant à droite.*
Vite ! des chevaux ! la voiture ! (*Il entre.*)

JASMIN, *à gauche à la cantonade.*
Les voitures de M. le marquis.

LESCAUT.
Jasmin !

JASMIN.
Tout à l'heure !

LESCAUT.
Pas tout à l'heure !... Tout de suite !

LE LAQUAIS, *reparaissant.*
M. Jasmin, mon maître, vous demande...

JASMIN.
On y va !

LESCAUT, *se levant et lui barrant le passage.*
Du tout, on n'y va pas ! Halte ! Front ! Avancez à l'ordre !

JASMIN.
Mais que voulez-vous donc ?

LESCAUT.
Du vin.

JASMIN.
Encore !

LESCAUT.
Toujours !

JASMIN.
Vous me devez soixante livres.

LESCAUT.
Et soixante coups de bâton.

JASMIN.
Par exemple !

LESCAUT.
Silence ! ou je paye sans compter.

JASMIN.
Ah ça ! êtes-vous le diable, oui ou non ?

LESCAUT.
Je suis sergent recruteur au régiment du roi. Du **vin !**

JASMIN.

Mais voilà déjà quatre bouteilles....

LESCAUT.

J'ai encore soif.

JASMIN.

Encore soif!

LESCAUT.

Toujours soif! La soif, c'est é ernel!

JASMIN.

Voyons, un peu de raison, mon cher monsieur Lescaut.

LE COMMANDEUR, *allant vivement à Lescaut.*

Lescaut! monsieur se nomme Lescaut?

LESCAUT, *brusquement.*

Qu'est-ce que ça vous fait?

LE COMMANDEUR.

Beaucoup, j'ai à vous parler.

LESCAUT.

Je n'ai pas le temps! Allons! du vin!

JASMIN, *au Commandeur*.

Monsieur, ce n'est pas un chrétien que cet homme-là, c'est un puits. Quand il a bu, il rosse tous mes garçons.

LE COMMANDEUR.

Bravo!

JASMIN.

Un querelleur, qui a toujours l'épée à la main.

LE COMMANDEUR, *se frottant les mains.*

Très-bien !

JASMIN.

Comment!

LE COMMANDEUR.

Je dis très-bien. J'ai mes raisons pour cela....

(*On entend claquer un fouet de postillon.*)

SCÈNE II.

LES MÊMES, LE MARQUIS. (*Il est sorti du pavillon et a écouté la fin de la scène précédente.*)

JASMIN.

Mais j'ai les miennes pour être inquiet de mes soixante livres.

LE MARQUIS, *s'avançant.*

Laissez, j'arrangerai cela.

JASMIN.

Vous, monseigneur !

LESCAUT, *toisant le Marquis du regard.*

Monseigneur? monseigneur de quoi!

LE MARQUIS, *souriant.*

De rien. Ayez deux voitures, six laquais (*donnant de l'argent à Jasmin*), et payez vos mémoires sans compter... vous êtes sûr qu'on vous appellera monseigneur.(*A Lescaut.*) Si la recette vous plaît, je vous la donne. (*On entend de nouveau le fouet du postillon.*)

LE LAQUAIS.

Tout est prêt pour le départ de M. le marquis.

LE MARQUIS.

Je ne pars plus, j'ai changé d'idée ou plutôt de caprice. Allez dételer. (*A Lescaut pendant que Jasmin obéit.*) Comment vous nomme-t-on?

LESCAUT.

Lescaut, sergent recruteur au régiment du roi.

LE COMMANDEUR, *qui a reparu.*

Lescaut! il faut absolument que je sache... (*Il s'approche de Lescaut.*)

LESCAUT, *qui s'est levé et passe devant le Marquis.*

Ma famille, j'ose le dire, est une des meilleures de l'Angoumois.

LE MARQUIS.

Eh bien! mon cher monsieur Lescaut, vous êtes un curieux personnage; je vous examine depuis ce matin, et vous avez presque fini par m'amuser.

LESCAUT, *avec un mouvement.*

Hein?

LE MARQUIS.

Ma foi, oui !

LESCAUT.

Comment?

LE MARQUIS.

Je vous dis que vous m'amusez.

LESCAUT, *s'acheminant.*

Ah! je vous amuse! (*Au Commandeur, qui le tiraille par sa manche.*) Allez au diable, vous! (*Au Marquis.*) Ah! je vous amuse!... Monsieur, les Lescaut de l'Angoumois portent trois merlettes battées sur champ de gueules.

LE MARQUIS.

C'est bien de l'honneur pour votre province, mon cher monsieur Lescaut de l'Angoumois.

LESCAUT.

Et vous saurez qu'il ne me plaît pas de vous amuser. (*Au Commandeur, qui le tire par la basque.*) Ne me chatouillez pas, vous! (*Au Marquis.*) Il ne me plaît pas!...

LE MARQUIS.

Vous plairait-il de boire mon vin?

LESCAUT.

Du vin? quel vin? Vous avez du vin?

LE MARQUIS.

J'en ai pour cent louis dans une de mes voitures.

LESCAUT.

Et ce sont des crûs... honorables? (*Au Commandeur.*) Je vous défends de me toucher, vous!

LE MARQUIS.

Clos-Vougeot, Champagne, Chambertin, Madère, Chypre et Lacryma-Christi.

LESCAUT.

Peste! hum! Couvrez-vous donc, je vous en prie.

LE MARQUIS.

Je n'en ferai rien.

LESCAUT.

Et vous désirez renouveler votre cave

LE MARQUIS.

Je désire m'en débarrasser, voilà tout!

LESCAUT.

Monsieur, je suis prêt à conclure cette petite affaire. Je vous ferai mon billet à ordre.

LE MARQUIS.

Comment donc!... mais du tout... C'est un vrai service que vous me rendrez en daignant accepter cette bagatelle. J'ai voulu goûter de l'ivresse... j'essaye un peu de tout pour me distraire. Mais j'ai le vin mélancolique. Je ne boirai plus que de l'eau... Si bien que j'ai là un fourgon de vin qui m'ennuie... et comme j'ai reconnu, d'autre part, que le vin et vous, vous et le vin, vous formiez un mélange très amusant, eh bien, je vous offre ma cave : voilà tout le mystère.

LESCAUT, *émerveillé.*

Monsieur, je n'ai jamais refusé de servir un galant homme!

LE MARQUIS.

Vous acceptez?

LESCAUT.

J'accepte !

LE MARQUIS.

Alors je vais ordonner qu'on monte ma cave dans votre chambre. (*A part, en s'en allant.*) J'ai idée que le drôle m'amusera bien vingt-quatre heures.

SCÈNE III.

LESCAUT, LE COMMANDEUR.

LESCAUT, *qui l'a reconduit avec de profondes salutations.*

Quel coup de fortune! Moi qui ai bu mon équipement, l'argent de mon colonel et deux feuillettes à Jasmin — et qui ne savais plus à quel tonneau m'adresser!

LE COMMANDEUR, *abordant Lescaut.*

Permettez, je...

LESCAUT.

Bon! quand on parle de tonneau. — Ah ça! finalement, que me voulez-vous?

LE COMMANDEUR.

Vous vous appelez bien Lescaut?

LESCAUT.

Que vous importe?

LE COMMANDEUR.

Il m'importe! Je suis à la recherche d'une jeune fille qui doit être de vos parentes.

LESCAUT.

Une jeune fille? son nom?

LE COMMANDEUR.

Manon. Elle devait entrer au couvent des sœurs hospitalières d'Amiens.

LESCAUT.

Amiens! Manon! Pardieu! c'est ma cousine!

LE COMMANDEUR.

C'est votre cousine?

LESCAUT.

Oui! oui! après?

LE COMMANDEUR.

A-t-elle d'autres parents?

LESCAUT.

Très-éloignés. Je suis son plus proche. Après?

LE COMMANDEUR.

Eh bien! c'est à vous de sauver sa vertu!

LESCAUT.

Sa vertu! la vertu de Manon court des dangers?

LE COMMANDEUR.

Elle court les champs depuis hier, en compagnie d'un jeune et joli garçon.

LESCAUT.

Tête et sang!

LE COMMANDEUR.

Manon arrivée hier à Amiens, devait entrer au couvent le soir à huit heures; à sept heures et demie elle s'est fait enlever.

LESCAUT.

Corne-bœuf! elle n'a pas perdu de temps!

LE COMMANDEUR.

Et moi non plus, j'ai galopé toute la nuit après elle.

LESCAUT.

Eh bien?

LE COMMANDEUR.

Eh bien, me voici à trois lieues d'Amiens et pas de traces de Manon!

LESCAUT.

Et vous me dites cela tranquillement! Connaissez-vous le ravisseur?

LE COMMANDEUR.

Non... mais il était lui-même à Amiens, prêt à entrer au séminaire.

LESCAUT.

Ah! mon gaillard! je m'en vais le tuer!

LE COMMANDEUR.

Mais il faut l'atteindre.

LESCAUT.

Laissez-moi faire. J'ai le nez d'un chien de chasse! (*Appelant.*) Holà! quelqu'un. Vite, un cheval! Ah! mademoiselle Manon! je le mangerai votre galant! (*Au Commandeur.*) Avez-vous quelque monnaie?

LE COMMANDEUR, *lui donnant sa bourse.*

Tenez!

LESCAUT.

Ah ça, à propos, mon gros bonhomme, une question?

LE COMMANDEUR.

Parlez!

LESCAUT.

Pourquoi prenez-vous tant d'intérêt à la vertu de ma cousine?

LE COMMANDEUR.

Moi!... mais je... j'étais dans le coche qui l'a conduite à Amiens; j'ai eu pitié de son âge, de sa candeur... Une jeune personne si pure, si naïve! Vous comprenez; et la morale, monsieur, la morale!

LESCAUT.

Très-bien! Je couperai le drôle par morceaux. Le temps de boire le coup de l'étrier, et en route. Vous m'avez donné quelque argent?

LE COMMANDEUR.

Oui, oui....

LESCAUT.

Très-bien! je m'en vais ceindre mon épée!

LE COMMANDEUR.

Moi, je vais changer d'habits et me remettre en campagne.

(*A part.*) C'est une trouvaille que cet homme-là! (*Haut.*) A bientôt.

LESCAUT.

A bientôt. (*Le Commandeur sort par la droite, Lescaut par la gauche.*)

SCÈNE XV.

MANON, DES GRIEUX, JASMIN *entrant par le fond, puis* LE MARQUIS.

JASMIN.

Par ici, monsieur et madame, par ici!

DES GRIEUX, *accourant.*

Manon, Manon... viens vite... voilà une auberge.

MANON, *elle entre un bouquet de fleurs des champs à la main. Elle rit, elle court, elle fredonne.*

Tout est fauché, pus de faucilles;
Faneuses, retournez-vous-en...
Vous les garçons et vous les filles...

JASMIN.

Tiens, mais vous êtes mouillés.

DES GRIEUX.

Oui, une averse, un orage, à un quart de lieue d'ici!

JASMIN.

Voilà un joli couple!

DES GRIEUX.

Asseyez-vous là, ma charmante amie; vous devez être bien lasse?

MANON.

Lasse de quoi? d'amour et de bonheur? oh! pas encore!

DES GRIEUX, *la pressant contre son cœur.*

Chère Manon!

MANON.

Prenez garde... on nous voit...

DES GRIEUX, *à voix basse.*

Que tu es belle!

MANON, *riant et lui mettant la main sur la bouche.*

Taisez-vous donc! (*Des Grieux baise la main de Manon.*)

LE MARQUIS, *à Jasmin.*

Quels sont ces jeunes gens?

JASMIN.

Je l'ignore; ils arrivent, mais ils font plaisir à voir.

LE MARQUIS, *souriant.*

C'est vrai! au moins en voilà qui ne se gênent pas pour s'aimer.

MANON, *à Des Grieux d'un ton de reproche.*

Vous voyez, Des Grieux, je vous disais bien... (*Elle se recule un peu.*)

LE MARQUIS, *s'approchant.*

Pourquoi rougir, ma chère enfant? une femme qui est belle, qui est jeune, qui aime et qui ose le dire, mais c'est tout simplement le chef-d'œuvre de la création.

JASMIN.

Monsieur et madame souperont-ils?

MANON.

Oh! oui!... Oui! souper avec vous, entre nous, chez nous.

DES GRIEUX.

Quel bonheur! (*A Jasmin.*) Mais pour madame seulement; moi, je n'ai pas faim.

LE MARQUIS, *à part.*

En attendant, il dévore la petite!

JASMIN, *à part, s'en allant.*

Ça n'a pas le sou...

LE MARQUIS.

Oui, mais crois-moi, Jasmin, fais crédit à cette belle fille. Elle te paiera quand l'esprit lui sera venu. (*Il s'assoit à droite, prend un livre et lit, Jasmin s'est retiré.*)

DES GRIEUX, *qui s'est assis près de Manon, sous la tonnelle.*

Manon, vous tremblez? vous avez froid?

MANON.

Non. (*Lui prenant la main.*) Tenez!

DES GRIEUX.

En effet, votre main est brûlante! souffrez-vous?

MANON, *avec bonheur.*

Oh! non!

DES GRIEUX.

Ma belle amie, vous ne vous repentirez jamais de m'avoir suivi, n'est-il pas vrai?

MANON.

Oh! non! car vous ne vous repentirez jamais de m'avoir aimée, n'est-ce pas? Ainsi, nous allons à Paris? quel bonheur!

DES GRIEUX.

Oui, car là, nous serons bien cachés.

MANON.

Comme tout doit y être magnifique, immense!

DES GRIEUX.

C'est tout un monde! Inconnus, nous y serons libres; libres, nous pourrons nous aimer.

MANON.

Ces promenades, ces palais, que je languis de les voir!

DES GRIEUX.

Une retraite bien humble et bien tranquille, voilà mon rêve... C'est aussi le tien, n'est-ce pas?

MANON.

Sans doute; et le soir, nous irons au cours, à la comédie, et nous admirerons les nobles dames.

DES GRIEUX.

Moins chéries que toi, Manon!

MANON.

Et ces brillants gentilshommes. (*Mouvement de Des Grieux. Vivement.*) Moins aimés que vous, mon chevalier.

LE MARQUIS, *à part.*

Elle aura beaucoup d'esprit, cette fille-là.

DES GRIEUX.

Oh! tu es à moi, toute à moi.

MANON.

Vous en doutez encore?

DES GRIEUX.

Non, mais... tiens, mets ta main sur mon cœur.

MANON.

Écoute le mien.

DES GRIEUX.

Que veulent-ils encore? dis, Manon.

MANON.

Je ne sais.

DES GRIEUX.

Je te regarde, je te presse dans mes bras, et pourtant...

MANON.

Des Grieux! (*Avec élan.*) Ah! que c'est bon d'aimer!...

DES GRIEUX.

Et d'aimer toujours.

MANON.

D'aimer longtemps.

LE MARQUIS.

Toujours, longtemps... Ils ne s'entendent déjà plus. (*Vers la fin de cette scène, une mendiante est entrée dans la cour de l'hôtellerie et s'est approchée de Des Grieux et de Manon.*)

LA MENDIANTE.

La charité, s'il vous plaît?

MANON, *surprise.*

Ah!

LA MENDIANTE.

J'ai été jeune, j'ai été belle... je fus aimée... et vous voyez... La charité, s'il vous plaît?

MANON, *lui donnant un bijou.*

Tenez, tenez! (*Elle lui fait signe de s'éloigner.*)

DES GRIEUX, *à part.*

L'amour n'est donc pas éternel?

MANON *rêveuse, et regardant la mendiante qui s'éloigne.*

La jeunesse, la beauté ne durent donc pas toujours?

LE MARQUIS, *se levant, allant au fond vers la vieille femme, et lui donnant une aumône.*

Curieux!... Le hasard est parfois un grand poëte.

MANON, *très-agitée.*

Mon chevalier, partons, quittons ces lieux... les paroles de cette mendiante...

DES GRIEUX.

Enfant!

MANON.

D'ailleurs, il faut nous hâter... On doit nous poursuivre. Vous savez cet ami, ce Tiberge...

DES GRIEUX.

Oui, il est sage, lui, il n'aime pas.

MANON.

Je le déteste!

DES GRIEUX.

Moi, je le plains.

MANON.

Je ne veux pas qu'il nous découvre, qu'il nous atteigne; fuyons!

DES GRIEUX.

Si nous avions au moins une chaise, des chevaux.

MANON.

Ou seulement de l'argent.

DES GRIEUX, *souriant.*

C'est vrai! je ne suis riche que de ta beauté, de tes caresses.

LE MARQUIS.

Monnaie d'amoureux!

DES GRIEUX.

Écoute, nous allons d'abord nous reposer une heure... et ensuite nous aviserons, nous verrons.

MANON.

Je veux bien. (*A part et s'en allant.*) Dieu! que c'est laid une mendiante... Pauvre femme! (*Ils entrent à droite.*)

SCÈNE V.

LE MARQUIS, *seul.*

Allons, le jeune homme n'est qu'un amoureux, et la jeune fille n'est... parbleu! ce n'est qu'une femme! Eh bien, qu'est-ce que cela me fait? — Est-ce que je m'en vais me gendarmer contre la manière dont le Créateur a pétri la créature? Est-ce que cela me regarde?... La nature a fait des chiens qui mordent, des chats qui égratignent et des femmes qui trompent. C'est son affaire et non la mienne... Cela me rappelle qu'un jour... où était-ce donc? en Chine, je crois. Oui... ma foi, oui... je fus quitté par une dame de Pékin pour un mandarin à bouton jaune... qui devait être de l'académie. Je faillis en mourir de honte, — et c'était fait de moi, lorsque j'eus le bonheur d'éclater de rire. C'est ce qui me sauva. Depuis lors j'aime à rire. Chacun se suicide à sa guise. Les Anglais se pendent, les Français se brûlent la cervelle; moi, j'ai quitté la vie, ma vie à moi, c'est-à-dire mon nom, mes affections, mon cœur et mes pantoufles, pour courir le monde... inconnu, oublié, mort... je ne suis plus rien, grâce à Dieu, qu'un homme qui passe, et quand je ne sais que faire, j'entre dans la vie des autres, je m'y asseois, je m'y promène, j'écoute, je ris, je bâille, je siffle, comme je ferais à la comédie... Aujourd'hui, c'est un soudard en goguette, ou bien deux tourtereaux... tout à l'heure ça va être...

SCÈNE VI.

LE COMMANDEUR, SYNNELET, LE MARQUIS.

SYNNELET, *à la cantonade.*

Bien, bien, ayez soin de mon cheval. (*Entrant.*) Je repars à l'instant. (*Il se retourne et aperçoit le Commandeur qui sort de l'hôtellerie à gauche.*) Comment! c'est vous, mon oncle?

LE COMMANDEUR.

Bon! que le diable l'emporte!

LE MARQUIS.

Oh! qu'est-ce que cela va être... écoutons... (*Il va s'asseoir près de la tonnelle.*)

SYNNELET.

Comment!... voyez-vous le hasard! Ce cher oncle!

LE COMMANDEUR.

Oui... oui... c'est moi... je suis pressé, adieu!

SYNNELET.

Une aventure?

LE COMMANDEUR.

Oui... une aventure... c'est-à-dire... non... je... adieu!

SYNNELET, *le rappelant.*

Ah! à propos, mon oncle.

LE COMMANDEUR.

Qu'est-ce encore?

SYNNELET.

Vous n'auriez pas une centaine de louis à mon service?

LE COMMANDEUR.

Une centaine de louis! Monsieur le vicomte Raoul de Synnelet, j'ai l'honneur de vous informer que je vous ai déshérité.

SYNNELET.

Je le sais, aussi n'est-ce qu'un service que je vous demande, un prêt de la main à la main.

LE COMMANDEUR.

Allez au diable!

SYNNELET.

Je le veux bien, mais vous me direz du moins où vous allez, vous?

LE COMMANDEUR.

A mes affaires; bonjour.

SYNNELET, *l'arrêtant.*

Je parie que mon coquin d'oncle...

LE COMMANDEUR.

Monsieur!

SYNNELET, *éclatant de rire.*

Ah! ah! ah! je vous trouve superbe. Voulez-vous que je vous dise ce que vous faites ici dans cette auberge, en habit de cheval?

LE COMMANDEUR.

Je vais à Paris... adieu.

SYNNELET.

C'est possible, mais vous venez d'Amiens, que j'ai traversé moi-même ce matin et où j'ai pris langue. Je sais de vos nouvelles.

LE COMMANDEUR, *à part.*

La peste l'étouffe!

SYNNELET.

Allons! pas de cachotteries avec votre neveu, monsieur mon oncle! vous n'ignorez pas, ni moi non plus, qu'une jeune personne des plus jolies que l'on destinait au couvent, s'est enfuie hier soir avec un petit commencement d'abbé.

LE COMMANDEUR, *vivement.*

Vous les connaissez? vous êtes sur leurs traces?

SYNNELET, *riant.*

Bon! le voilà qui se trahit'

LE COMMANDEUR.

Mais je vous jure....

SYNNELET.

Quoi? que vous avez votre plan? Pardieu!... je le sais bien... découvrir les fugitifs, ravir la petite au chevalier, arriver avec elle à Paris, faire du tapage, laisser croire au monde entier que c'est pour vous seul que la jolie novice a renoncé au couvent.... et....

LE COMMANDEUR.

Calomnie! monsieur, calomnie!

SYNNELET.

Calomnie! parfaitement, vous y êtes, c'est cela... Vous ne suivez la jeune personne que pour combattre de sottes médisances, dont voici, par exemple, un détestable échantillon. (*Il tire un billet de sa poche.*)

LE COMMANDEUR.

Qu'est-ce que cela?

SYNNELET.

Une lettre de la maréchale, vous savez?

LE COMMANDEUR

Quelque folie!

SYNNELET.

Il paraît que vous lui faisiez la cour.

LE COMMANDEUR.

A peu près.

SYNNELET.

Oui, c'est cela, à peu près (*riant*), c'est votre manière. Vous êtes donc toujours aussi timide, mon oncle?

LE COMMANDEUR.

Timide? moi?

SYNNELET.

C'est drôle... à votre âge. (*Ouvrant la lettre.*) La maréchale prétend que vous n'osez pas être heureux et que vous tenez seulement à le paraître.

LE COMMANDEUR.

La maréchale est une sotte!

SYNNELET.

C'est ce que je dis. Écoutez... (*Lisant.*) « Enfin, mon cher » vicomte, lorsque je me fus aperçue de la timidité de M. de » Brébœuf, je résolus d'en tirer parti pour mettre un terme à » des persécutions inutiles...

Il y a *inutiles*...

» Or, un soir que nous nous trouvions en tête à tête dan » mon petit boudoir aurore, vous savez? (*Le Commandeur fait » un mouvement, Synnelet se met à rire.*)

Il y a *vous savez?*

» Je fais d'abord un sourire des plus encourageants au bon » commandeur, il se trouble; je lui fais signe de s'asseoir auprès de moi, il regarde la porte; je lui tends la main, il prétexte une affaire... Je veux... le retenir.

Il y a *le retenir.*

» Le commandeur perd la tête, prend son chapeau et son » épée et court encore! »

LE COMMANDEUR, *furieux.*

Morbleu!

SYNNELET.

Post-scriptum : « Si vous ne déniaisez pas votre oncle, vous » ne le marierez jamais...» (*Haut.*) Ah! ah! ah!

LE MARQUIS.

Ah! ah! ah! ah!

SYNNELET.

Tiens, cela vous fait rire.

LE COMMANDEUR.

Oui... oui... je ris... c'est très-amusant. Il te faut cent louis..

SYNNELET.

Cent cinquante.

LE COMMANDEUR.

Comment! tout à l'heure...

SYNNELET.

J'ai dit cent cinquante.

LE COMMANDEUR.

Tiens donc, brigand! (*Il lui présente une traite.*) Mais à une condition.

SYNNELET.

Laquelle?

LE COMMANDEUR.

C'est que tu seras discret.

SYNNELET.

Quant à la lettre?

LE COMMANDEUR.

Oui... Et que je ne t'aurai pas pour rival.

SYNNELET.

Quant à la novice? Oh! pour cela soyez tranquille! Tel que me voilà j'arrive de l'Artois où je suivais une galante aventure, et où j'ai failli recevoir plus de coups d'épée que je n'ai de lettres de change protestées. Il m'a fallu faire le siége d'un château, incendier une ferme, battre la maréchaussée, tuer un mari, blesser un frère, deux cousins, trois cousins, et pour me tirer d'affaire, répandre l'or à pleines mains. Bref! me voilà rompu, moulu, ruiné, mais parfaitement corrigé. (*Le Marquis s'avançant vers Synnelet.*) Eh bien, ma foi, c'est dommage. *

SYNNELET.

C'est à moi, monsieur, que...

LE MARQUIS.

Certainement... permettez-moi de vous serrer la main...

SYNNELET.

Mais...

LE MARQUIS.

Je voyage pour voir le monde et ses curiosités... Je suis ravi de vous avoir rencontré.

SYNNELET.

Monsieur!

LE MARQUIS.

Mais si... mais si... Au reste, votre oncle pour sa part n'est pas mal curieux non plus.

LE COMMANDEUR.

Ah ça...

SYNNELET.

Mais enfin, monsieur, à qui avons-nous l'honneur...

LE COMMANDEUR.

Oui... qui êtes-vous?

LE MARQUIS.

Oh! très-peu de chose... un homme.

LE COMMANDEUR.

Un homme de rien.

LE MARQUIS

Un homme de qualité, dit-on.

SYNNELET.

Tiens, on annonce en ce moment les Mémoires d'un homme de qualité.

LE MARQUIS.

Eh bien, ce sont peut-être les miens.

LE COMMANDEUR, *avec dédain.*

Ah! monsieur écrit.

LE MARQUIS.

Pas si spirituellement que la maréchale... Il est vrai que j'écris sous la dictée d'un peu tout le monde, et qu'on a beau dire, tout le monde est un peu bête.

SYNNELET.

Mais enfin... monsieur...

LE MARQUIS.

Quoi?

SYNNELET.

Votre nom?

LE MARQUIS.

Celui que vous voudrez, ça m'est égal. (*Voyant le Commandeur et Synnelet prêts à perdre patience.*) Vous ne savez pas?... Eh bien! la petite est ici.

SYNNELET.

Ici?...

Ici?

LE COMMANDEUR.

LE MARQUIS.

Avec son séducteur.

LE COMMANDEUR, *remontant.*

Il serait vrai?

LE MARQUIS, *le retenant.*

Eh bien! qu'est-ce que cela vous fait?

LE COMMANDEUR.

Mais je vais courir l'arracher...

LE MARQUIS.

Bah! et après?...

SYNNELET, *riant.*

Ah!... la lettre!

LE COMMANDEUR.

Au diable les rieurs. Ah! voici Lescaut!

SCÈNE VII.

LES MÊMES, LESCAUT.

LESCAUT.

Où est-il mon bienfaiteur? Ah! monsieur le... monsieur de... je ne vous connais pas, mais je vous embrasse. J'ai goûté votre vin.

LE MARQUIS, *avec un sourire incrédule.*

Goûté!

LESCAUT.

Je veux lui dresser des statues.

LE MARQUIS.

Bien, bien! Retournez boire.

LE COMMANDEUR, *tirant Lescaut à part.*

Le ravisseur est ici!

LESCAUT.

Le ravisseur? Qu'est-ce que c'est que le ravisseur?

LE COMMANDEUR.

Mais l'insolent qui a enlevé votre cousine.

LESCAUT, *voulant se jeter sur Synnelet.*

Il est ici!

LE COMMANDEUR.

Ce n'est pas monsieur, c'est...

LESCAUT.

Qu'on me l'amène!

LE COMMANDEUR.

Il s'agit de le mettre hors d'état de nous suivre.

LESCAUT.

Très-bien! je le tuerai.

LE COMMANDEUR.

C'est inutile; une blessure seulement.

LESCAUT.

Non, je le tuerai.

LE COMMANDEUR.

Mais...

LESCAUT.

Les Lescaut n'ont jamais transigé avec l'honneur. En 1602, ma grand'mère, qui était une Brigaut de la Roche...

LE COMMANDEUR.

Au diable! vous ferez ce que vous voudrez.

LESCAUT.

Je l'entends bien ainsi.

LE COMMANDEUR.

Ensuite une chaise de poste sera dehors, toute prête... vous y entraînerez votre cousine.

LESCAUT.

Et en route pour le couvent.

LE COMMANDEUR

Oui... pour le couvent... D'ailleurs, je serai là pour...

LESCAUT.

Du tout, vous ne serez pas là! vous avez de gros vilains yeux dont je me défie; j'accompagnerai seul ma cousine. (*Remontant, au Marquis.*) Il a de trop gros vilains yeux...

LE COMMANDEUR, *à part.*

Oh! seul... J'ai une idée superbe! Allons nous préparer. (*Il entre à gauche. Manon et Des Grieux paraissent à la fenêtre du pavillon.*)

LESCAUT, *suivant le commandeur.*

Qu'est-ce qu'il dit?

LE MARQUIS, *à part.*

Nos amoureux! (*Lescaut entre sous la tonnelle.*)

SCÈNE VIII.

LESCAUT, SYNNELET, LE MARQUIS, DES GRIEUX, MANON.*

DES GRIEUX.

Regarde, Manon, plus de traces de l'orage, sinon quelques perles humides éparses dans les herbes. Toi aussi, Manon, là, tout à l'heure, un peu de regret t'arrachait des larmes; mais bientôt un rayon d'amour glissait sur tes lèvres, et, comme la nature, tu n'en étais que plus belle!

MANON.

Oh! je voudrais courir le long des prés. L'herbe mouillée sent si bon! Cela me rappelle la chanson de mon pays quand on rentrait les foins.

DES GRIEUX.

Ah! oui... celle que tu chantais ce matin. (*Ils chantent ensemble.*)

AIR *nouveau de Loïsa Puget.*

Tout est fauché, plus de faucilles;
Faneuses, retournez-vous-en;
Vous les garçons et vous les filles,
Vous reviendrez au bout de l'an.
Tout est fauché la place est nette,
Nouez votre dernier bouquet,
Car la petite pâquerette
Est morte avec le serpolet. (1)

LESCAUT, *que le Marquis retenait.* (*Éclatant.*)

Sang-Dieu!

MANON, *apercevant Lescaut.*

Cette voix! — Ciel! mon cousin!

LESCAUT

Oui, votre cousin, qui s'en va, s'il vous plaît, vous conduire au couvent, mademoiselle. (*S'animant*) Entendez-vous cela, mon petit monsieur? Ah! je vous apprendrai à chanter des villanelles aux fenêtres, et à vous aimer comme cela le long des chemins!

DES GRIEUX.

Monsieur, je suis à vos ordres.

LESCAUT

Alors vivement, marchons !

MANON.

Lescaut, mon bon Lescaut, de grâce ! je vous en prie.... jo l'aime !

LESCAUT.

Elle ose le dire.

LE MARQUIS.

Eh mais... vous aimez bien le vin, vous, et vous ne le cachez pas.

LESCAUT.

Oh ! le vin... minute ! le vin...

LE MARQUIS.

Regardez... tous deux sont ivres, à peu près comme vous... Vous, vous avez bu mon sauterne; eux, ils ont bu leurs souriros. (Il rit et lui pousse le coude.) Allons, entre ivrognes...

SYNNELET.

Bah ! laissez-vous fléchir.

LESCAUT.

Dame, si j'étais bien sûr que le petit jeune homme l'épousât...

SYNNELET.

Est-ce bien nécessaire ?

LESCAUT.

Sambleu ! et l'honneur des Lescaut, monsieur !

SYNNELET.

Vous y tenez ?

LESCAUT.

Corbleu !

SYNNELET.

Bah !

LESCAUT.

Mais si.....

SYNNELET.

Mais non.

LESCAUT.

Mais si! (A ce moment Des Grieux sort du pavillon et va droit à Lescaut. Manon le suit.)

SYNNELET.

Eh bien ! soit, il l'épousera !

LESCAUT.

Ce soir même...

SYNNELET.

Précisément, ce soir même, n'est-ce pas, mon jeune ami ? (Bas.) Dites que oui. Mais il s'agit de gagner au pied, et promptement... Avez-vous une chaise de poste?

DES GRIEUX.

Hélas ! non...

LESCAUT.

J'en ai une, moi, celle du gros bonhomme.

SYNNELET.

Et de l'argent ?

MANON.

Hélas ! monsieur, nous sommes partis si vite que nous n'avons emporté...

SYNNELET.

Que vos cœurs !.... A votre âge, on croit que c'est assez..... Mais....

LESCAUT.

Une idée ! (Allant au Marquis.) Généreux inconnu, vous m'avez donné votre cave.

LE MARQUIS.

Eh bien ?

LESCAUT.

Elle vaut cent louis.

LE MARQUIS.

Vous ai-je surfait ?

LESCAUT.

Du tout ! mais je vous la recède pour cinquante. Un marché superbe !

LE MARQUIS.

Non! je ne veux pas vous voler. Voici cent louis. (Il lui donne sa bourse.)

LESCAUT.

Soit ! Je ne compte jamais avec mes amis ! Mes enfants, en route ! Mais..... vous vous épouserez ?

SYNNELET.

Oui ! oui ! sauvez-vous.

ENSEMBLE.

Air : Accourez ! (Eau merveilleuse.)

LE MARQUIS.

Hâtez-vous,
Là-bas Paris vous appelle.
A Des Grieux. Et vous,
Craignez la fortune rebelle;
Prévoyez
Les dangers pour votre belle ;
Veillez
Elle sur vous et vous sur elle.

DES GRIEUX et MANON.

Hâtons-nous,
Là-bas Paris nous appelle ;
Au Marquis et à Synnelet.) Et vous,
Messieurs, merci de votre zèlo ;
Désarmez
Par vos vœux le sort rebelle,
Priez
Pour que { Des Grieux soit } fidèlo.
{ Manon reste }

LESCAUT.

Hâtez-vous,
Car l'occasion est belle ;
Pour nous,
A Paris l'hymen vous appelle.
(A Des Grieux.) Promettez
D'être à mes ordres fidèle ;
Jurez
De ne jamais épouser qu'ello.

SYNNELET, *à Manon.*

Hâtez-vous ;
Vite, déployez votre aile ;
Sans nous,
Ma gracieuse tourterelle,
Oui, volez
Où le plaisir vous appelle ;
Fuyez
Du vautour la serre cruelle.

LE MARQUIS, *à part.*

Ce roman
De leurs amours est charmant
Je le suivrai jusques au dénouement.

DES GRIEUX, *à Manon.*

A Paris, bien loin des regards jaloux
A l'ombre du bonheur abritons-nous!

REPRISE DE L'ENSEMBLE.

(Manon et Des Grieux s'éloignent par le fond suivis de Lescaut.)

SCÈNE IX.

LE COMMANDEUR; *sortant de la gauche*, SYNNELET ; LE MARQUIS.

LE COMMANDEUR. *Il se glisse avec précaution hors de l'auberge; i est vétu en cocher, avec un grand fouet à la main.*

Sous ce costume, Lescaut ne me reconnaîtra pas.... Mon laquais le fera boire; une fois ivre, nous le jetons dans un fossé et nous tournons vers Paris.

SYNNELET, *riant.*

Tiens ! mais c'est mon oncle.

LE MARQUIS.

Il est magnifique !

LE COMMANDEUR.

Est-ce qu'il est mort ?

LE MARQUIS.

Qui ?

LE COMMANDEUR.

Le ravisseur?

SYNNELET.

Pas encore.

LE COMMANDEUR.

Il se meurt?

SYNNELET.

Oui, d'amour. (*On entend partir une chaise de poste.*)

LE COMMANDEUR.

Qu'entends-je? (*Il veut courir.*)

SYNNELET, *le retenant.*

Ne courez pas, vous avez de si bons chevaux!

LE COMMANDEUR.

Mes chevaux!

LE MARQUIS.

Ce sont eux qui les emmènent.

LE COMMANDEUR.

Ah!

SYNNELET.

Ma foi! cette petite est charmante, et je veux....

LE COMMANDEUR.

Scélérat!

SYNNELET.

Ne vous fâchez pas, je dirai que c'est vous!

LE MARQUIS.

Et cela ne comptera pas! (*Le Commandeur remonte avec colère, Synnelet lui ferme la grille au nez.*)

ACTE II.

Deux salons en enfilade, le premier fermé par trois portes au fond, dont une principale, la seconde ouvrant sur un jardin; tables de jeu dans les deux salons.—Dans le premier plan à gauche, une cheminée avec du feu. —Au lever du rideau, on frappe trois coups discrets, à la porte de gauche, le Commandeur l'entr'ouvre et la referme à moitié en entendant du bruit: Lescaut, paraît suivi de deux laquais.

SCENE I.

LESCAUT, DEUX LAQUAIS, *puis* LE COMMANDEUR.

LESCAUT.

Drôles... n'oubliez pas les rafraîchissements; surtout, n'oubliez pas les cartes. Nous donnons à jouer ce soir. Surtout... n'oubliez rien. (*Avec noblesse.*) Allez. (*Les laquais disposent les tables de jeu et sortent ensuite. Lescaut est descendu.*)

LE COMMANDEUR, *paraissant.*

C'est Lescaut!... Je puis me montrer.

LESCAUT, *se retournant; avec froideur.*

Ah! ah! c'est vous, monsieur le commandeur... Vous ici? à Chaillot, encore!

LE COMMANDEUR.

Toujours. Un de mes gens vient de m'avertir qu'aussitôt après le dîner, le chevalier et mademoiselle Manon étaient partis pour la promenade, et j'en profite pour venir causer avec vous de notre grande affaire.

LESCAUT

De votre trahison.

LE COMMANDEUR.

Soit, nous n'aurons pas de bruit là-dessus... Mais...

LESCAUT, *avec noblesse.*

Assez. Savez-vous qu'il n'y eut jamais de traîtres parmi les Lescaut, monsieur le commandeur?

LE COMMANDEUR.

Mais...

LESCAUT.

Ignorez-vous, monsieur, qu'en 1571, mon trisaïeul, un Lescaut de Pillebois, qui avait un commandement dans la flotte vénitienne et espagnole, plutôt que de se rendre aux Turcs dans le golfe de Lépante, aima mieux se faire couler bravement et mourir sans postérité?

LE COMMANDEUR.

Hein? .

LESCAUT, *se reprenant.*

Il eut le bonheur de se sauver à la nage.

LE COMMANDEUR.

Avez-vous fini votre généalogie?

LESCAUT.

Oui, le reste se perd dans la nuit des temps.

LE COMMANDEUR.

Tant mieux; mais réfléchissez donc...

LESCAUT.

Le chevalier est de mes amis.

LE COMMANDEUR.

Sans doute... Mais...

LESCAUT.

Il m'a laissé jusqu'à ce jour disposer de son bien...

LE COMMANDEUR.

Mais aujourd'hui il est complètement ruiné.

LESCAUT, *changeant de ton tout à coup.*

Complétement! Le croyez-vous?

LE COMMANDEUR.

Je le tiens de source certaine; son père a résolu de réduire son amour par la famine, et la disette commence.

LESCAUT, *sérieux.*

Ouais!...

LE COMMANDEUR.

Le chevalier n'a plus de ressources, et je vois (*montrant les tables de jeu*) qu'il en est à cette heure aux expédients.

LESCAUT.

Que m'apprenez-vous là? (*Avec une noble indignation.*) Le chevalier se serait fait du brelan une distraction indélicate, et j'aurais prêté les mains à mon insu à ces... (*A part.*) Le sot! être ruiné et refuser mon talisman! (*Il montre un jeu de cartes, fait sauter la coupe, remet le jeu dans sa poche, pirouette et se retourne du côté du Commandeur.*)

LE COMMANDEUR, *vivement et à voix basse.*

Dans la soirée, un messager apportera céans une lettre au chevalier; M. Tiberge est du complot... Cette lettre est de lui; elle a pour but d'attirer le chevalier hors du logis, et à un quart de lieue de Chaillot, les deux frères de Des Grieux, aidés de quatre laquais vigoureux, vous le fourrent dans une chaise de poste... et fouette, postillon! Dans deux jours, les portes du château de sa famille se refermeront sur notre jeune amoureux; — tandis que moi j'aime votre cousine, et... je puis...

LESCAUT.

Vous voulez l'épouser?

LE COMMANDEUR.

Hein? (*Après un mouvement qu'il réprime aussitôt.*) Certainement!

LESCAUT.

Par-devant notaire?

LE COMMANDEUR.

Par-devant notaire.

LESCAUT.

Touchez là. Quelles seront les clauses du contrat, je vous prie?

LE COMMANDEUR.

Je donne à ma femme hôtel, laquais, carrosse, plus une pension annuelle de 20,000 livres.

LESCAUT.

Après?

LE COMMANDEUR.

N'êtes-vous pas satisfait?

LESCAUT.

Si... si; mais, cependant, j'hésite encore... j'aimais le chevalier!

LE COMMANDEUR, *à part.*

Je devine!... le coquin! (*Haut.*) Je donne à monsieur de Lescaut, sergent au régiment du Roi... (*Lescaut n'a pas l'air d'écouter*) ma petite maison du Bourg-la-Reine.

LESCAUT, *qui feint de rêver.*

Après tout, le chevalier mérite-t-il l'intérêt que je lui porte?

LE COMMANDEUR.

Et une pension annuelle de 6,000 livres.

LESCAUT, *avec indignation.*

Non! non! il ne le mérite pas! Pas de lâches faiblesses! Fais ce que dois, advienne que pourra !... c'est dans nos armes ! (*Au Commandeur.*) Je suis tout vôtre désormais et je veux m'employer à votre service.

LE COMMANDEUR.

A merveille... mais mademoiselle Manon est, dit-on, folle du petit chevalier ! Comment est-il ?

LESCAUT.

Qui ça ? ce godelureau ? vous ne l'avez jamais vu ?

LE COMMANDEUR.

Jamais ! jamais !

LESCAUT.

Oh ! mon Dieu ! il est jeune, bien fait, voilà tout !... Ne prenez donc nul souci.

LE COMMANDEUR.

Oui, mais il y a aussi mon garnement de neveu qui ne les quitte plus, et je devine assez dans quel but.

LESCAUT.

Moi aussi... mais je m'en inquiète comme de cela. Vous serez mon cousin, je l'ai résolu.

LE COMMANDEUR.

Je compte sur vous. Dès que le chevalier partira de ce côté (*il montre la droite*) j'arriverai de celui-là... et... voilà ! (*Il fait une pirouette.*) J'entends du bruit, c'est peut-être le chevalier et Manon.

LESCAUT.

Précisément ! Gagnez au pied, vitement, et à ce soir !

LE COMMANDEUR.

A ce soir...

LESCAUT.

N'oubliez pas le contrat.

LE COMMANDEUR.

Soyez tranquille ! (*Il disparaît par la petite porte de gauche au fond.*)

SCÈNE II.

LESCAUT, *puis* DES GRIEUX, MANON *et* SYNNELET.

LESCAUT.

Que de peines nous avons, nous autres grands parents ! (*Synnelet paraît donnant le bras à Manon qui achève la lecture d'une lettre.*)

MANON, *haut, lisant.* *

« J'ai les trésors de la fortune, vous avez ceux de la beauté, » je vous offre tout ce qui charme la vie, donnez-moi ce qui la » fait chérir. »

SYNNELET, *riant.*

Et les conclusions du prince italien ?

MANON.

Il demande un regard et offre deux châteaux !... (*Des Grieux paraît.*)

SYNNELET.

Qu'il y joigne la principauté, on lui donnera un sourire.

MANON, *riant.*

Par exemple ! mais j'en ai refusé ce prix-là. (*Elle cause avec Synnelet. Lescaut s'est approché de Des Grieux.*)

LESCAUT, *à part.* **

Faisons une dernière tentative. (*Bas.*) Chevalier, vos amis vont venir ; on jouera gros jeu tout à l'heure, mon talisman est toujours à votre service. (*Il lui montre son jeu de cartes.*)

DES GRIEUX, *avec colère.*

Encore ?

LESCAUT, *remettant le jeu dans sa poche.*

A votre aise, chevalier. (*A part.*) Il ne se formera jamais !... Ce serait un mauvais mari. (*Il remonte et sort par le fond. Des Grieux s'assied à droite.*)

MANON, *à Synnelet.*

Vous nous accompagnez à ce bal ?

SYNNELET.

Sans doute. (*Manon le quitte et va auprès de Des Grieux qui s'est assis sur une ottomane. Synnelet, debout, et le dos à la cheminée, parcourt une gazette.*)

MANON, *caressante.* ***

Eh bien, mon gentil chevalier, encore triste et rêveur !

SYNNELET.

Mais en effet, et depuis trois grands jours...

MANON.

Qu'est-il donc arrivé ? Serais-je devenue laide sans m'en apercevoir ? Où donc votre gaieté s'est-elle nichée, qu'on ne la voit plus ni dans vos yeux ni sur vos lèvres ? Chevalier (*riant*), est-ce que votre amour fait ses malles ?

DES GRIEUX, *lui baisant les mains.*

Belle et folle Manon !

MANON.

Vos baisers tombent sur ma main comme un sou dans la sébile d'un pauvre... Est-ce que, par hasard, tu serais jaloux ? (*Elle lui montre la lettre.*)

DES GRIEUX.

Moi... jaloux de Manon !

SYNNELET.

Mais on le serait à moins.

MANON, *se retournant.*

Tiens ! vous ne lisez donc pas, vous ?

SYNNELET.

Je lis vaguement.

MANON, *à Des Grieux.*

Ainsi, tu n'es pas jaloux ?

DES GRIEUX.

Ai-je tort ?

MANON, *déchirant la lettre dont elle jette les morceaux par la fenêtre à droite.*

Non, l'amour ne songe pas à s'envoler tant que la cage est ouverte. J'ai des soupirants, tant mieux ; tu ne m'aimerais peut-être plus si l'on cessait de m'admirer.

SYNNELET, *riant.*

Parbleu !... on n'aime jamais mieux qu'avec le cœur des autres.

MANON.

Mais lisez donc.

SYNNELET, *riant.*

Soit, mais vous deux, n'oubliez pas que je suis là. (*Lisant.*) De Fontainebleau, le 8 octobre, le roi est arrivé.....

MANON, *à Des Grieux.*

Voyons, à quoi songes-tu ?

DES GRIEUX.

Je songe, que le vent d'automne aura bientôt dispersé nos souvenirs avec les feuilles jaunies.

MANON, *à mi-voix.* *

Que nous fait l'hiver, mon chevalier, puisque notre tendresse est dans son printemps ? l'été s'éloigne. (*Se pressant contre Des Grieux.*) Rapprochons-nous.

DES GRIEUX, *avec amour.*

Manon, ma belle maîtresse !

SYNNELET, *lisant très-haut. Des Grieux va s'appuyer contre la fenêtre.*

« Le 30 du mois dernier, le sieur Passement a eu l'honneur de présenter au roi, à Choisy, une nouvelle lunette de poche... »

MANON, *à Synnelet.*

Taisez-vous donc ! (*A Des Grieux.*) Ne regrettez rien, Des Grieux ; quand la nature aura relié à nos pieds ses tapis de mousse et de verdure, eh bien ! nous irons à Paris, et là nous retrouverons de soyeux tapis et de brillants soleils.

DES GRIEUX.

Paris est bien vaste, Manon ; si ton amour allait s'y perdre.

MANON.

Bah ! il retrouverait toujours son chemin, il est bien assez grand pour cela.

DES GRIEUX.

Mais quand il reviendrait, peut-être aurait-il laissé en route un baiser ou un sourire... et... je veux tout, moi !

MANON, *l'embrassant.*

Egoïste !

SYNNELET, *reprenant tout à coup à haute voix.*

« Le dix-neuf de ce mois, la compagnie des apothicaires a exposé au public les médicaments qui entrent dans la composition de la thériaque. »

MANON, *se retournant, à Synnelet.*

Fi ! le jaloux qui jette sa thériaque dans nos amours. (*A Des Grieux.*) Embrasse-moi pour le faire enrager (*Des Grieux l'embrasse.*)

SYNNELET.

Oh! je me rattraperai au bal... Chevalier, mademoiselle Manon m'appartiendra pendant toute la fête.

MANON. *

C'est ce que nous verrons.

DES GRIEUX, *avec un air pensif.*

Manon, tu tiens donc beaucoup à aller à ce bal?

MANON.

Dame! c'est le premier de la saison, et monsieur le vicomte assure que tout Paris y sera.

SYNNELET.

C'est-à-dire que ce serait se déshonorer que de n'y aller point.

MANON, *riant.*

Donc, si l'honneur de Manon vous est cher .. Tu verras comme je serai jolie avec toutes ces belles choses que tu m'as données. Si j'ai menti tu me les reprendras ... tu me reprendras tout... (*d'un ton câlin*) y compris les diamants que tu m'as promis et que je n'ai pas encore.

SYNNELET, *qui s'est assis à droite, à part.*

Aïe! nous y voilà.

DES GRIEUX, *à part.*

Et plus rien, plus de ressources!

MANON.

Les aurai-je pour le bal de ce soir, dis?

SYNNELET, *parcourant toujours la Gazette; à part.*

Le terrain devient glissant. (*Haut.*) Comment donc, chevalier! mais c'est du dernier galant, encore une parure nouvelle?

MANON.

Nouvelle? Monsieur le railleur, vous savez bien que je n'eus jamais d'autre bijou que ce collier de graines d'Amérique dont vous vous moquiez hier encore.

SYNNELET, *riant.*

Ah! ah! ah! parbleu! il est ici question de notre ami le misanthrope... (*Lisant.*) « On publie la première partie d'un livre intitulé : Mémoires d'un homme de qualité, que tout Paris s'arrache en ce moment.» (*Ecoutant.*) Eh! mais je l'entends, je crois; oui, c'est lui-même.

SCÈNE III.

LES MÊMES, LE MARQUIS, UN JOAILLIER. (*La nuit commence à venir, des laquais entrent au commencement de cette scène et éclairent les deux salons.*)

SYNNELET, *à part.*

Ah! mon joaillier... il est exact!

LE MARQUIS. *

Entrez, mon ami. (*Saluant.*) Chevalier, vicomte, belle Manon, j'ai rencontré ce garçon dans la grande rue de Chaillot. Il cherchait votre demeure et je vous l'amène. (*Il passe à droite.*)

SYNNELET, *bas au Joaillier.*

Souvenez-vous que vous ne me connaissez pas.

MANON, *au Joaillier.*

Que demandez-vous?

LE JOAILLIER.

Madame, c'est un écrin...

MANON, *vivement.*

Un écrin... oh! oui... Donnez. (*Souriant de loin à Des Grieux et lui envoyant un baiser.*) ah! ici!

DES GRIEUX, *à part.*

Qu'est-ce que cela signifie?

SYNNELET, *au Marquis tout en observant Manon.*

Monsieur le marquis, je lisais tout à l'heure un pompeux éloge de vos mémoires. (*Il lui présente le journal, le Marquis est assis à droite.*)

LE MARQUIS, *les yeux fixés aussi sur Manon.*

Je le connais, je l'ai fait moi-même.

DES GRIEUX.

Oh! il faut que je sache... (*Il va vers le Joaillier.*) *

MANON, *qui a ouvert l'écrin.*

Je suis tout éblouie!

SYNNELET, *au Marquis.*

Et vous continuez à vous promener dans l'existence d'autrui.

LE MARQUIS, *le toisant du regard.*

Oui; mais je choisis les chemins.

DES GRIEUX, *qui parlait bas au Joaillier avec impatience.*

Mais enfin, qui vous envoie? (*Manon se retourne étonnée.*) *Synnelet pose le doigt sur ses lèvres et regarde le Joaillier; le Marquis a surpris ce geste.*)

LE JOAILLIER.

Je vous le répète, monsieur, un laquais est venu qui...

DES GRIEUX.

Ce laquais n'est pas le mien, et cet écrin... n'est pas... pour mademoiselle Manon.

LE JOAILLIER.

Pardonnez-moi, monsieur, on m'a bien dit chez mademoiselle Manon Lescaut, à Chaillot.

DES GRIEUX.

Assez!

MANON, *à mi-voix à Des Grieux.*

Mais qu'y a-t-il donc?

DES GRIEUX, *de même.*

Rien! rien (*Au Joaillier.*) Allez, sortez.

MANON, *étonnée.*

Ah!

SYNNELET, *bas et se frottant les mains.*

Le tour est joué.

LE MARQUIS, *à Synnelet.*

Et le tour est de vous?..

MANON.

Mais, mon ami...

DES GRIEUX, *avec effort, au Joaillier.*

Vous pouvez remporter cet écrin.

LE JOAILLIER, *prenant l'écrin qui est vide.*

L'écrin seulement, monsieur?

DES GRIEUX, *avec impatience.*

L'écrin... et les diamants.

MANON.

Les voilà! (*Les remettant lentement les uns après les autres dans l'écrin, avec amertume.*) Ah! c'est dommage...

LE MARQUIS, *à Synnelet, en regardant Manon.*

Vous avez voulu faire trébucher son amour sur ces petites pierres.

MANON, *fermant la boîte, à part.*

Oh! cela donne le vertige!

SYNNELET, *au Chevalier.*

Chevalier, ma bourse est à votre service.

MANON, *vivement.*

Bah!... serait-ce que vous n'avez pas d'argent?

DES GRIEUX.

Du tout... du tout. (*A Synnelet.*) Merci, monsieur!

MANON.

Ah! c'est donc un caprice! (*Au Joaillier qui attend toujours.*) Oh! alors vous pouvez vous en allez. (*En ce moment Lescaut paraît au fond avec du monde *.*)

SCÈNE IV.

LES MÊMES, QUELQUES GENTILSHOMMES. (*Lescaut va au devant des nouveaux venus qu'annonce un laquais qu'on ne voit pas.*)

UNE VOIX *au fond, annonçant.*

Monsieur le vidame d'Augiroy, monsieur le chevalier d'Auriat, monsieur le vicomte d'Ablemont, monsieur le duc de Chabris, monsieur Mathéus.

LE MARQUIS, *riant, à part.*

De la finance !... C'est un peu mêlé. (*Des Grieux remonte et va serrer la main à quelques gentilshommes qui causent dans le fond.*)

SYNNELET, *au Joaillier, bas.* *

Allons, va-t-en ; ton rôle est joué.

LE JOAILLIER, *bas à Synnelet.*

Mais au moins me les achèterez-vous?

SYNNELET, *regardant Manon.*

Avant huit jours. (*Il remonte. Des Grieux a quitté le groupe du fond et s'est approché de Manon, qui remet très-pensive son petit collier de graines d'Amérique.*)

LE JOAILLIER, *prenant congé.*

Bonjour, mademoiselle.

MANON, *se détournant.*

Ah! vous partez?

DES GRIEUX.

Manon, je t'expliquerai... Tu ne peux pas aller à ce bal.

MANON.

Pourquoi?

LE MARQUIS, *bas au Joaillier.*

Restez donc; les yeux de Manon vont faire des prodiges. **

DES GRIEUX.

Console-toi, Manon; bientôt je pourrai réaliser tous tes rêves... Un jour...

MANON.

Oui, un jour...

DES GRIEUX.

Ah! je le vois bien, il sera trop tard alors; tu m'auras quitté pour aller au-devant d'eux.

MANON, *qui s'aperçoit que le Joaillier est resté, tressaille et répond d'un air distrait.*

Hein?

DES GRIEUX, *qui a suivi les regards de Manon, à part.*

Mon Dieu! mon Dieu!... elle ne va plus m'aimer. (*Prenant tout à coup une détermination.*) Ah! (*A Manon.*) Manon, ce soir tu auras ces diamants qui te font envie.

MANON.

Que dis-tu donc?

DES GRIEUX, *d'une voix émue.*

Tu les auras, te dis-je; je te le jure.

MANON, *joyeuse.*

C'était donc pour m'éprouver?

DES GRIEUX, *amèrement.*

Oui, oui...

MANON.

Méchant! c'est mal!... Tu sais bien que je t'aime! (*Folle de joie.*) C'est égal, je t'en veux. (*Riant.*) Non, va, je ne t'en veux pas. (*Elle l'embrasse.*)

DES GRIEUX.

Manon, nous ne sommes pas seuls.

MANON, *riant.*

Tiens! c'est vrai! Ah! tant pis. (*Elle va au Marquis près de la cheminée.*)

DES GRIEUX, *la regardant.*

N'hésitons plus pour qu'elle m'aime encore. (*Il remonte.*)

MANON, *bas au Marquis.*

J'ai mes diamants.

LE MARQUIS.

Bah! (*A part.*) Je le savais bien moi... mais quel est son dessein?

DES GRIEUX, *bas au Joaillier.*

Attendez là. (*Il le fait entrer à gauche. Les tables du fond se sont garnies de joueurs.*)

UN JOUEUR, *dans le deuxième salon.*

Messieurs, voulez-vous ponter?

LESCAUT, *paraissant avec deux laquais portant des plateaux.*

Offrez à ces messieurs du pharaon. (*Voyant Des Grieux qui lui fait signe d'approcher.*) Vous avez à me parler? (*Le Marquis s'est levé et prête l'oreille en passant auprès de Lescaut et de Des Grieux; Synnelet est revenu près de Manon.*)

DES GRIEUX, *bas à Lescaut et d'une voix tremblante.*

Lescaut, je veux... je veux gagner!

LESCAUT, *bas.*

Allons donc! souvenez-vous de mes leçons! (*A part.*) L'aurai-je méconnu? (*Il lui donne un jeu de cartes.*)

LE MARQUIS, *avec un mouvement.*

Ah! (*Il remonte.*)

LESCAUT, *à des Grieux.*

C'est le seul que je possède, et il faut bien que ce soit vous.

DES GRIEUX, *à Lescaut.*

Merci. (*Haut et d'un air de gaieté forcée, à deux ou trois gentilshommes qui sont encore debout dans le premier salon.*) Allons, messieurs, le pharaon vous réclame. Germain, des rafraîchissements à ces messieurs. Voyons, ma chère Manon, il n'est point encore l'heure de votre toilette, faites les honneurs de vos salons.

MANON.

Oui, mon ami. (*Elle remonte et va au groupe qui est debout; un instant après les trois gentilshommes s'installent à une table*

de jeu. Manon va d'une table à l'autre, échangeant un mot à droite et à gauche.)

LESCAUT, *bas à des Grieux, qui se dirigeait vers le fond.*

Il n'y a rien à faire là-bas... M. le chevalier d'Auriat possède un talisman tout pareil au mien... (*avec sentiment*) l'héritage de ses pères! (*Il quitte des Grieux et se dirige vers Synnelet. Des Grieux reste un instant pensif.*)

LE MARQUIS, *l'observant.*

(*A part.*) Parbleu, je suis curieux de savoir qui payera les diamants de mademoiselle Manon.

DES GRIEUX, *qui s'est décidé tout à coup et s'est approché du Marquis.*

Monsieur, me ferez-vous l'honneur... (*Il lui montre la table de gauche.*)

LE MARQUIS, *à part, riant.*

Ah! ah! ah!... il paraît que ce sera moi. (*Haut.*) Je suis à vos ordres, chevalier. (*Ils s'installent à la table du côté gauche.*)

LESCAUT, *à Synnelet, qui est assis à droite.*

Monsieur le vicomte daignera-t-il se mesurer avec moi...

SYNNELET, *se levant.*

Comment donc?

LESCAUT, *faisant des politesses pour s'asseoir.*

Après vous, vicomte.

SYNNELET, *riant.*

Oh! que de cérémonies!

LESCAUT.

Mon père était à Fontenoy, monsieur. (*Ils s'asseyent à la table du côté droit. Tous les autres joueurs sont groupés dans le deuxième salon.*)

DES GRIEUX, *au Marquis.*

Vous plaît-il le brelan?

LE MARQUIS.

A votre choix, chevalier. (*Des Grieux bat les cartes.*)

LESCAUT, *au Marquis.*

Ah! ah! vous êtes aux prises avec le chevalier? Parbleu, vous en aurez bon marché.

LE MARQUIS, *prenant ses cartes.*

Vous croyez? Eh bien, voulez-vous vous mettre de moitié dans mon jeu?

LESCAUT, *vivement.*

Non, merci.

SYNNELET, *à Lescaut.*

Ah! ah! des cornets et des dés?

LESCAUT, *contrarié.*

Vous préférez des cartes?

SYNNELET.

Nullement (*souriant*); je jouerai votre jeu, monsieur Lescaut. Est-ce le passe-dix?

LESCAUT, *poliment.*

Très-bien. (*Il secoue les dés.*)

LE BANQUIER, *dans le fond, à la table de pharaon.*

Fausse taille; doublez, s'il vous plît?

MANON, *répondant à un mot dit tout bas.*

Oui, monsieur le vicomte, amour éternel.

SYNNELET, *arrêtant Lescaut au moment où il va lancer les dés.*

Ah! mais, pardon, comment jouons-nous?

LESCAUT.

Plaît-il?

LE MARQUIS.

Passe.

SYNNELET, *bas à Lescaut.*

Jouons-nous avec des dés de fantaisie?

LESCAUT.

Monsieur?

SYNNELET.

Non? — Vous comprenez, cela m'est égal, j'en ai sur moi. (*Il lui montre des dés.*)

LE MARQUIS.

Cent pistoles!

LESCAUT.

Si vous en avez... alors, ça n'est pas la peine. (*Synnelet rit à part.*) Le diable soit de l'homme!

LE MARQUIS, *mettant de l'argent au jeu.*

Ma foi, monsieur de Lescaut, si vous vous étiez mis de moitié dans mon jeu, ce serait déjà cinquante pistoles pour votre part."

LESCAUT, *se retournant étonné.*

Comment?

LE MARQUIS, *ramassant les cartes.*

Pour votre part de perte : j'y suis pour cent pistoles.

LESCAUT, *jouant.*

Ah! à la bonne heure.

LE MARQUIS, *jouant.*

Comment! à la bonne heure... Vous êtes donc de moitié dans le jeu du chevalier?

LESCAUT, *se reprenant.*

Non... pardon!... je... n'étais pas à la conversation. (*Jouant.*) Beset.

SYNNELET, *jouant.*

Ferne.

LESCAUT, *au Marquis.*

Tenez, vous me faites perdre...

LE MARQUIS.

Tant mieux!

LESCAUT.

Comment?

LE MARQUIS.

Oh!.... pardon.... je n'étais pas à la conversation. (*Annonçant.*) Brelan de rois.

DES GRIEUX.

Brelan d'as.

LE MARQUIS, *riant.*

Ah! cette fois, vous gagneriez soixante-quinze pistoles, monsieur Lescaut.

LESCAUT, *même jeu, et involontairement.*

Allons donc!

LE MARQUIS.

Si vous partagiez les bénéfices du chevalier : je perds cent cinquante pistoles.

LESCAUT, *à part, avec joie.*

Ah! (*A un valet portant un plateau.*) Eh! petit laquais, venez ça. (*Il prend un verre et le vide.*) Tenez-vous là, derrière moi.

MANON, *à l'un des invités.*

Vous êtes donc bien riche, monsieur Mathéus...

UN JOUEUR, *au pharaon.*

Sept et le va!...

LESCAUT.

Morbleu! soixante pistoles. (*Criant.*) Terne!

DES GRIEUX.

Brelan carré!

LE MARQUIS.

Allons! cela fait deux cents pistoles, chevalier. (*Tout en prenant ses cartes.*) Combien ce joaillier vous vend-il cette rivière?

DES GRIEUX.

Trois cents pistoles. (*Le Marquis donne a couper.*)

LESCAUT.

Coup nul.

UN JOUEUR, *au pharaon.*

Trente et le va...

LESCAUT, *avec colère.*

Quatre-vingts pistoles! (*Il prend un verre derrière lui et le vide.*)

MANON, *même jeu.*

Mon cher comte, le cœur est pris.

LE MARQUIS.

Je joue...

DES GRIEUX, *abattant.*

Brelan favori.

LE MARQUIS.

Cela nous fait trois cents pistoles. (*Des Grieux mêle les cartes.*)

LESCAUT, *à part.*

Trois cents pistoles!...Bravo! c'est une consolation. (*Jouant.*)

Ah! quine!

SYNNELET, *après avoir joué.*

Sonnez! (*Manon vient s'asseoir à droite.*)

LESCAUT, *avec colère.*

Ventrebleu! je joue de malheur. Etes-vous là, petit laquais? (*Il boit.*)

SYNNELET, *riant.*

Vous n'êtes pas habitué à ces dés-là.

LE BANQUIER *du pharaon.*

Doublez! (*On entend remuer de l'or.*)

DES GRIEUX, *au Marquis, qui se lève.*

Vous ne jouez plus, monsieur?

LE MARQUIS, *froidement et à voix basse.*

A quoi bon, chevalier? vous avez ce qu'il vous faut.

DES GRIEUX, *troublé.*

Comment?

LE MARQUIS.

Est-ce que les diamants de mademoiselle Manon coûtent plus de 300 pistoles?

DES GRIEUX, *se levant.*

Je ne vous comprends pas, Monsieur.

LE MARQUIS, *bas.*

Chevalier... me joueriez-vous le cœur de votre maîtresse, si je jouais avec ces cartes-là? (*Il frappe sur le jeu de cartes que tient encore Des Grieux.*)

DES GRIEUX, *bondissant.*

Monsieur!... (*En ce moment, Manon rit aux éclats, quelques joueurs rient avec elle.*)

LE MARQUIS, *à Des Grieux.*

Silence!

DES GRIEUX, *à voix basse.*

Je n'ai pas le droit de m'offenser de vos paroles.

LE MARQUIS, *lui indiquant Manon.*

Et moi, chevalier, je ne peux pas vous en vouloir; c'est l'amour qui battait les cartes.

DES GRIEUX.

Daignez reprendre cet argent. (*Il lui tend l'argent qu'il vient de gagner.*)

LE MARQUIS.

Non, non... vous me le devrez.

LESCAUT, *se levant brusquement.*

Décavé. (*Il prend un verre et boit.*)

DES GRIEUX, *insistant.*

Monsieur, de grâce, si vous m'estimez encore. (*Le Marquis reprend l'argent; Lescaut, qui a vu le mouvement, pose brusquement son verre sur le plateau.*)

LESCAUT, *au laquais qui tient son plateau vide.*

Offrez à ces messieurs. (*Le laquais s'éloigne.*)

SYNNELET, *qui s'est levé.*

Vous rendez l'argent, chevalier?

MANON, *qui s'est approchée.*

J'ai cru que tu gagnais?

LE MARQUIS.

M. le chevalier s'est aperçu qu'il manquait une carte dans le jeu, et il refuse de prendre mon argent.

DES GRIEUX, *bas.*

Merci, monsieur. (*Manon remonte.*)

LESCAUT, *à part.*

Triple sot! (*Bas, à Des Grieux.*) Êtes-vous fou? Savez-vous que j'ai tout perdu, et que vous n'avez rien?

DES GRIEUX.

Eh! qu'importe?

LESCAUT, *avec une noble indignation.*

Comment? qu'importe? Et ma cousine, monsieur?

DES GRIEUX.

Je verrai... Je trouverai.

LESCAUT, *à part.*

Va, cherche; j'ai trouvé, moi! (*Haussant les épaules.*) Il ne se formera jamais. (*Un domestique qui s'est approché de des Grieux lui remet une lettre.*)

LE DOMESTIQUE.

Pour monsieur le chevalier. (*Des Grieux ouvre la lettre.*)

LESCAUT, *à part.*

La lettre de Tiberge, c'est bien ! (*Prenant un verre sur le plateau qui passe.*) Ma fortune va prendre une face nouvelle, et, pour commencer, je veux rattraper mes cent pistoles. (*Il disparaît dans le second salon dont les portes se ferment **.*)

MANON, *qui s'est rapprochée de Des Grieux.*

Mon ami, je vais à ma toilette ; tu sais que le bal commence à minuit.

DES GRIEUX, *qui a lu la lettre.*

Ma chère Manon... il faut renoncer pour aujourd'hui à cette fête... à cette parure que je t'avais promise...

MANON.

Ah ! encore un nouveau caprice !

DES GRIEUX.

Non, ma chère Manon, ce n'est pas un caprice ; mais il faut que je te quitte ; voici une lettre de Tiberge ; il a, dit-il, à m'entretenir de choses d'importance. Il me donne rendez-vous ce soir même à Paris ; son messager doit me conduire.

MANON, *sèchement.*

Pourquoi ce mystère ? Monsieur Tiberge pourrait bien venir ici... C'est une maison honnête... On s'y ennuie.

DES GRIEUX.

Manon, tu ne m'aimes plus ?

MANON, *avec ennui.*

Eh ! si !...

DES GRIEUX, *avec un peu de douleur.*

Je te crois... A bientôt !... Tout à l'heure, je viendrai te dire adieu. (*Il sort par le fond à droite ; les portes se ferment.*)

SCÈNE V.

MANON, LESCAUT, LE MARQUIS, SYNNELET. (*Le Marquis est assis à droite, et observe Manon qui est rêveuse. Synnelet vient s'appuyer sur le siége du Marquis.*)

SYNNELET, *bas, au Marquis.*

Eh bien ! monsieur le marquis, que dites-vous de la tournure que prennent mes affaires ?

LE MARQUIS.

Je dis que le ciel est au plus digne, et le monde au plus fin.

LESCAUT, *rentrant très-animé.*

Ventrebleu, le talisman du chevalier d'Auriat l'a emporté. Je dois 200 pistoles ; il n'y a que le commandeur qui... Ah ! Manon, c'est bien... Il faut en finir. (*Il va fermer la porte, puis à Manon d'une voix un peu avinée.*) Mademoiselle de Lescaut, j'ai à vous parler sérieusement.

MANON.*

Qu'est-ce que ça veut dire ?

LESCAUT.

Le chevalier est indigne de vous, et je vous ai trouvé un mari.

MANON.

Hein ?

SYNNELET, *à part.*

Un mari !...

LE MARQUIS, *à part.*

Voilà du nouveau !...

MANON.

Lescaut, allez ailleurs débiter vos sornettes, je suis de mauvaise humeur.

LESCAUT.

Ce ne sont point des sornettes ; ce mari viendra tantôt, et je vous engage à le bien recevoir.

MANON.

Vous êtes fou, Lescaut.

LESCAUT.

Ce mari est noble, et notre noblesse à nous lui suffit ; d'ailleurs, si notre maison ne remontait point à une époque assez reculée ? Eh bien ! on reculerait la maison... je veux dire l'époque.

SYNNELET.

Et ce mari, c'est ?...

LESCAUT.

M. le Commandeur de Brébœuf.

SYNNELET, *à part.*

Mon oncle !

LESCAUT.

Je parle en son nom et je l'attends tout à l'heure.

MANON.

C'est bien, mon cousin ; le chevalier le recevra.

LESCAUT, *se montant peu à peu.*

Le chevalier, vous ne le reverrez plus.

SYNNELET, *à part.*

Hein ?

MANON, *se levant.*

Qu'avez-vous dit ?

LESCAUT.

J'ai dit ce qui est, ou plutôt ce qui sera ; à un quart de lieue d'ici une chaise de poste attend le chevalier, et dans deux jours l'autorité paternelle aura tiré les verrous sur son amour.

MANON.

Cette lettre... ce messager, c'était donc un piége ?

LESCAUT.

Comme vous dites.

MANON.

Je vous remercie, Lescaut, de m'avoir prévenue.

SYNNELET, *à part.*

Le maladroit ! Des Grieux disparu et mon oncle pour rival ; mais c'est comme si je n'en avais plus.

MANON.

Le chevalier ne partira pas.

LESCAUT.

Le chevalier partira !

SYNNELET, *à part.*

Il faut qu'il parte !...

LESCAUT.

Il partira parce que je l'ai résolu, et que je me nomme Lescaut

MANON, *avec colère.*

Il ne partira pas, parce que je l'aime et que je m'appelle Manon.

LE MARQUIS, *se levant.*

A la bonne heure.

LESCAUT, *furieux.*

Morbleu !...

SYNNELET, *l'interrompant.*

Un instant...

MANON.

Laissez-moi passer, monsieur.

SYNNELET.

De grâce !...

MANON, *avec colère.*

Ah ! vous êtes tous contre moi !

LE MARQUIS.

Permettez : ne me confondez pas, je vous prie, avec vos ennemis, car, foi de gentilhomme, je donnerais la moitié de ma fortune pour que votre amour triomphât de l'envie des uns, de la cupidité des autres, et de vous-même.

MANON.

Qu'est-ce à dire ?

LE MARQUIS.

Eh oui ! car j'enrage à la fin, de voir que la vertu de certaines femmes consiste seulement à attendre les occasions de chute, au lieu de les chercher, de même que la moralité de certains hommes consiste uniquement à se mettre en règle avec la potence.

LESCAUT.

Morbleu ! monsieur, pour qui dites-vous cela ?

LE MARQUIS

C'est pour monsieur de Fénélon.

LESCAUT.

A la bonne heure !

LE MARQUIS.

Mademoiselle Manon, je ne vous dirai plus qu'un mot : aimer moins, c'est déjà n'aimer plus. Maintenant, mes bons amis, allez, faites votre ménage, filez vos scènes, il n'y a plus ici que le chœur antique (*Regardant Lescaut en riant*) des Grecs.

LESCAUT.

Est-ce encore une personnalité?

LE MARQUIS.*

Sans doute; toujours à l'adresse de monsieur de Fénélon. (*Manon sonne.*)

SYNNELET, *qui a réfléchi.*

Oui, oui, le départ du chevalier est une bonne fortune pour moi.

MANON, *à un laquais qui paraît.*

Germain, dites à monsieur le chevalier que je veux le voir avant son départ; allez. (*Le laquais s'éloigne; elle s'assied à son tour et regarde en face Synnelet et Lescaut. Le Marquis s'est assis à gauche et joue avec l'éventail de Manon.*) Comme cela, je suis tranquille; maintenant, vous autres, dites-moi tout ce que vous voudrez, et que monsieur le marquis écoute, si cela lui plaît; pour moi je n'écouterai que mon cœur.**

SYNNELET.

Pardon, mais j'avais à vous lire un article de la Gazette de France.

MANON, *riant.*

Ah! l'ordonnance sur la thériaque?

SYNNELET.

Non, une ordonnance du roi. (*Lescaut se découvre.*)

MANON, *riant.*

Bon! le roi me défend-il d'aimer le chevalier?

SYNNELET.

Jugez-en... Lorsque des jeunes gens de famille vivront publiquement dans le désordre, il sera permis à leurs parents de demander au secrétaire d'état ayant le département de la police, qu'on enlève leurs maîtresses pour les enfermer ou les transporter dans nos colonies, telles que la Nouvelle-Orléans, ou l'île de la Désirade. (*Manon se lève et froisse le journal avec colère.*)

LESCAUT, *assis, et qui commence à sommeiller.*

Entendez-vous, petite fille, on vous enverra à la Désirade, pour l'honneur des Lescaut.

SYNNELET.

Ainsi, plus de ressources, une vie d'expédients, une famille menaçante, voilà ce que peut vous offrir le chevalier.

MANON.

Je l'aime.

LESCAUT.

Jeune insensée! mais que sera l'avenir avec des Grieux?...

MANON.

Je l'aimerai.

LE MARQUIS.

Le mot est joli, mais vient-il du cœur ou de l'esprit?

SYNNELET.

Enfin, vous l'aimez?

MANON.

Oui.

LESCAUT, *scandalisé.*

Oh!

MANON.

Oui!

LE MARQUIS, *d'un air incrédule.*

Hum! hum!

MANON, *impatientée.*

Oui, oui, oui.... et cent fois oui.

LE MARQUIS.

C'est quatre-vingt dix-neuf fois de trop, pour que ce soit assez.

MANON, *crispée.*

Oh!

SYNNELET.

Et des Grieux? êtes-vous bien sûre qu'il vous aime? lui, cet égoïste qui vous condamne à végéter dans une bicoque dont monsieur le grand moraliste (*il montre le Marquis*) ne voudrait pas pour loger ses laquais. (*Manon fait un mouvement.*) Mais c'est qu'en vérité, je vous admire tous deux; les bras me tombent à voir cette nonchalance de satrape avec laquelle notre chevalier accapare tout ce que vous avez de jeunesse, d'éclat, de grâce, de beauté, et cela, pardieu, sans qu'il s'avise seulement de songer qu'un jour, rassasié de vos charmes, et sous prétexte de repentir, il retournera tranquillement chez monsieur son père, prêt à profiter de vos leçons d'amour pour engluer une marquise qui lui refera sa fortune et lui achètera un régiment? Et à vous, que restera-t-il? rien. Ah! si, il vous restera le sou-

venir, la seule chose qu'il ne daignera pas emporter.

MANON.

Ah! vous me faites peur!

SYNNELET.

Vous me croyez donc?

LESCAUT, *émerveillé et se levant.*

Est-ce là de l'éloquence! (*Brusquement au Marquis.*) Il vous sied bien de parler de monsieur de Fénélon; continuez, vicomte.* Tudieu, je vous croyais un fripon de neveu très-gênant pour le commandeur, mais je vois qu'il n'en est rien! Quant à vous, ma belle fille, nous allons laisser partir galamment le chevalier; qu'il s'en aille dans sa province épouser ses marquises; nous, nous épousons le commandeur, un homme qui nous offre toute sa fortune, pardieu!

SYNNELET.

Une fortune qui devait m'appartenir; ainsi, voyez si je suis votre ami!

LESCAUT.

On vous obtiendra le tabouret à la cour.

SYNNELET.

On vous fera monter dans les carrosses du roi.

LESCAUT.

Vous serez dame d'honneur de la reine.

SYNNELET.

Qui sait? peut-être même de madame de Pompadour...

MANON, *vivement.*

Eh mais, Manon Lescaut vaut bien Jeanne Poisson, je pense.

LE MARQUIS.

Ici, dira le chœur antique, ici mourut l'amour, et l'orgueil fit son épitaphe!

MANON, *allant à lui.*

Eh bien, non! je veux vous faire mentir, ça ne sera pas.

LESCAUT.

Ça sera... On vous donne un hôtel...

MANON, *avec mépris.*

Ah! bah!

SYNNELET.

Manon, savez-vous ce que c'est que la misère?

MANON, *haussant les épaules.*

Laissez donc! la misère! quand on est jeune!

SYNNELET.

Et quand on ne l'est plus?

LESCAUT.

Un hôtel sis à Paris...

SYNNELET.

La vieillesse d'une femme, souvenez-vous de cela...

LESCAUT.

Laquais, femme de chambre...

SYNNELET.

La vieillesse d'une femme commence avec les bijoux de cuivre et les rubans fanés.

LESCAUT.

Carrosse à deux chevaux!

SYNNELET.

La vieillesse d'une femme, c'est sa première robe achetée à la friperie.

LESCAUT.

Enfin, 20,000 livres de pension.

MANON.

Oh! je ne veux plus rien entendre.

LE MARQUIS, *se levant.*

Hélas! elle a tout entendu.

SCÈNE VI.

LES MÊMES, DES GRIEUX, *puis une* MENDIANTE.*

DES GRIEUX, *à la cantonade.*

Qu'on la conduise à l'office et qu'elle ne manque de rien. (*Entrant et allant à Manon.*) C'est cette malheureuse que nous rencontrâmes à Amiens... Germain l'a surprise réfugiée sur de la paille, dans notre cour, où elle demandait à passer la nuit. Pauvre femme! elle m'a rappelé cette heure charmante, cette première heure de nos amours... (*Allant au fond.*) Tiens, je veux que tu lui jettes une aumône. (*On voit au fond passer la mendiante suivie du domestique. Elle s'arrête et regarde Manon qui tressaille.)*

LE MARQUIS.

Allons! le diable combat pour Synnelet.

MANON, *avec un cri étouffé.*

Oh! (*Tendant de loin la bourse que lui a donnée des Grieux.*) Tenez!... tenez!...

SYNNELET, *prenant la bourse et la donnant à la mendiante.*

Prenez, bonne femme, et soyez tranquille, mademoiselle Manon ne vous oubliera jamais. (*La mendiante s'éloigne.*)

DES GRIEUX.

Et maintenant, Manon, adieu...

MANON.

Adieu!

DES GRIEUX.

Mais à propos, n'avais-tu pas à me parler?

MANON.

Non... ah! si... (*Elle se jette à son cou et l'embrasse avec frénésie.*) J'avais à te dire...

DES GRIEUX.

Eh bien!

MANON.

Rien... pense à moi... adieu, adieu!

SYNNELET.

Allons, venez chevalier, je vais vous mettre en voiture. (*Il entraîne des Grieux, Manon tombe assise la tête dans ses mains.*)

LE MARQUIS, *à part, ses tablettes à la main.*

Fin du chapitre quatre. Je ne sais, mais il faudrait là quelque chose...

LE COMMANDEUR, *entr'ouvrant la porte de gauche.*

Eh bien! il est parti?

LESCAUT.

Oui. Vous avez le contrat?

LE COMMANDEUR.

Oui, et voici mon notaire.

LESCAUT.

Entrez.

LE MARQUIS, *à part, apercevant le notaire.*

Tiens! Champagne, mon ancien piqueur! (*Avec un geste de surprise ironique.*) Ah! il s'est fait notaire?

ACTE III.

Un riche boudoir. — A droite, au fond, une ottomane devant une cheminée. Sur le devant, une toilette; entre la toilette et la cheminée, une fenêtre donnant sur un balcon. — Portes à gauche et au fond. — Il est nuit. Des bougies sont allumées.

SCÈNE I.

JUSTINE, *puis* MANON. (*Au lever du rideau, Justine range la toilette. On entend le bruit d'une voiture qui rentre dans l'hôtel. Justine court à la fenêtre et regarde au dehors.*)

JUSTINE.

Tiens! c'est madame. Déjà? (*Deux laquais ouvrent la porte au fond, et Manon paraît en grande toilette.*)

JUSTINE.

Madame n'est donc pas restée pour le ballet nouveau?

MANON.

Non, nous avons été forcés de partir par ordre de la cour.

JUSTINE.

Comment cela, madame?

MANON.

Le roi veut voir M. le commandeur de Brébeuf ce soir même.

JUSTINE.

Et M. le commandeur n'a pas permis à madame de rester au théâtre?

MANON.

Ah! oui, il a bien trop peur qu'un autre ne se présente avec une fortune plus solide que la sienne, et un notaire encore plus faux que le sien... (*A part.*) Et après un tel outrage, j'ai pu accepter!...

JUSTINE.

M. le commandeur est pourtant si bon!

MANON.

Oui.

JUSTINE.

Si respectueux! si timide surtout! Il a sans cesse peur d'être importun; quelquefois, le soir, il vient me trouver, et il me dit: Justine, crois-tu que je puisse me présenter chez ta maîtresse? Naturellement je dis que oui. Alors, il m'ordonne de l'annoncer, puis il me retient, il se consulte un instant, se promène en long et en large, et finit toujours par s'en aller en disant: Je reviendrai une autre fois. Et cela dure depuis le premier jour, c'est-à-dire depuis un mois.

MANON, *à part.*

Heureusement!

JUSTINE.

Madame, y avait-il de riches toilettes?

MANON.

Oui.

JUSTINE.

Beaucoup de bijoux?

MANON.

Tout le firmament.

JUSTINE.

C'est bien beau, n'est-ce pas, madame? (*Elle continue de ranger la toilette.*)

MANON, *rêvant.*

Trop beau, car tout cela séduit, enivre!... on s'habitue bien vite à cette vive lumière que reflète la richesse, et l'on redoute l'obscurité. Oh! cette vie de luxe, d'enivrements et de fêtes... avec lui!... c'eût été trop de bonheur. Amour sans richesse, ou richesse sans amour, il fallait choisir.

JUSTINE.

M. le vicomte de Synnelet était-il à la comédie?

MANON, *qui est allée à sa toilette.*

Oui; il ne me quittait pas des yeux. A propos, tu sais qu'il est amoureux de moi?

JUSTINE.

Comme tout le monde.

MANON.

Oui, mais tout le monde n'a pas la possibilité de me le dire, tandis que lui... Oh! je l'ai bien compris. Il a gagné la confiance du commandeur, en l'engageant à écarter de moi tous les soupirants. M. Synnelet est jeune et comme je n'ai que lui pour charmer ma solitude, il espère que quelque soir mes vingt ans perdront la tête.

JUSTINE.

Madame, il me semble entendre la voix du commandeur.

MANON.

Il vient me dire adieu.

JUSTINE.

A la bonne heure... Je disais aussi...

SCÈNE II.

LES MÊMES, LE COMMANDEUR.

LE COMMANDEUR, *à la cantonade.*

Messieurs, nous partirons dans un instant. (*A un domestique.*) Fleury, conduisez ces messieurs dans le petit pavillon et servez-leur des rafraîchissements. (*Bas.*) Fais en sorte qu'ils m'attendent. (*Entrant.*) Mademoiselle Manon, je ne vous dérange pas?

MANON.

Non, monsieur.

LE COMMANDEUR.

Je n'ai pas voulu partir sans vous faire mes adieux... car je ne reviendrai sans doute que demain soir, et vingt-quatre heures sans vous voir, c'est vingt-quatre éternités.

MANON, *bâillant.*

Vous êtes bien bon.

LE COMMANDEUR, *avec embarras.*

Mademoiselle Justine... je... (*Avec effort.*) Laissez-nous. (*Manon et Justine font un geste d'étonnement. Le Commandeur ne sait plus quelle contenance tenir.*)

JUSTINE, *en sortant, à part.*

Tiens! c'est la première fois. (*Elle sort. Manon est debout contre la cheminée. Le Commandeur est sur le devant, à gauche.*)

LE COMMANDEUR, *à part.*

Seul avec elle! (*Allant entr'ouvrir les rideaux de la croisée.*) Il y a de la lumière dans le pavillon. Ils sont installés sans doute... ils envient mon bonheur! (*Avec dépit.*) Ah! si je... Voyons, palsembleu! (*Il vient s'appuyer contre la cheminée, tandis que Manon redescend à gauche, feuillette avec distraction quelques volumes placés sur un petit guéridon. A voix haute.*) Hum! hum! savez-vous, ma toute belle, que vous étiez ravissante ce soir? Tout le monde semblait prendre plaisir à vous admirer, et moi j'étais bien heureux... d'honneur! (*Manon sourit d'un air moqueur.*) Car je suis fier de vous, ma chère Manon.

MANON.

Oui, je sais.

LE COMMANDEUR.

Je veux que vous éclipsiez les plus nobles dames. Ne regardez point à la dépense! Je suis immensément riche, et mordieu! je me laisserais dépouiller par ces deux fripons-là. (*Il montre les yeux de Manon.*) Avez-vous quelque désir? Si vous voulez... un coin du ciel? eh bien, maugrebleu! nous tâcherons...

MANON, *dissimulant une envie de rire.*

Oh! mes désirs ne s'élèvent pas si haut. (*Elle remonte au canapé.*)

LE COMMANDEUR, *troublé par la gaieté de Manon.*

Plaît-il? (*Manon éclate de rire.*)

LE COMMANDEUR, *jouant l'aplomb.*

Ah! ah! ah! vous êtes en train de rire ce soir! Tant mieux; Savez-vous qu'autour de moi je n'entendais que des éloges sur votre grâce, sur votre beauté?

MANON, *qui a pris un livre et s'est assise sur l'ottomane.*

Non.

LE COMMANDEUR, *qui a battu en retraite du côté de la toilette.*

Ah! ah! petite dissimulée, vous écoutiez de toutes vos oreilles, j'en suis sûr. J'ai entendu prononcer mon nom, je crois.

MANON.

Ah! oui, quelqu'un disait : Nous ne savions pas que M. le commandeur eût une aussi grande fille.

LE COMMANDEUR.

Hein? une... (*A part.*) Les sots! (*Il s'éloigne d'un air de dépit et gagne la gauche.*) Que lisez-vous là, ma toute belle?

MANON.

Monsieur, c'est le nouveau roman de Jean Jacques.

LE COMMANDEUR.

Sa Julie! beau chef-d'œuvre que madame la princesse de Talmont a mis à la mode, et qui attirera peut-être la foudre sur la tête de son mari.

MANON, *riant.*

Ah! bath! Franklin vient d'inventer le paratonnerre.

LE COMMANDEUR.

Ah! ah! ah! charmant! vous permettez que je me repose un instant... là. (*Il indique un fauteuil à gauche.*)

MANON, *tout en lisant.*

A votre aise, monsieur.

LE COMMANDEUR, *à part, s'asseyant.*

Je suis sûr que le duc de Groly donnerait la moitié de ses ancêtres pour être à ma place.

MANON, *lisant.*

« Lieu fortuné, témoin de ma constance immortelle, sois le té-
» moin de mon bonheur et voile à jamais les plaisirs du plus fi-
» dèle et du plus heureux des hommes. » (*La voix de Manon s'é-teint peu à peu.*)

LE COMMANDEUR, *à part.*

Comment les aborderai-je tout à l'heure?

MANON, *lisant.*

« Que ce mystérieux séjour est charmant! O Julie! il est plein
» de toi. »

LE COMMANDEUR.

Avec discrétion; oui, c'est bien plus indiscret. (*Il rit.*)

MANON, *d'une voix de plus en plus émue.*

« On ouvre, on entre; c'est elle! je l'ai vue! j'entends refer-
» mer la porte. Oh! mon cœur cherche des forces pour sup-
» porter la félicité qui t'accable! » (*S'interrompant et avec pas-*

sion.) O mon Dieu! (*Elle abandonne le livre et laisse tomber sa tête sur son épaule.*)

JUSTINE, *entrant discrètement.*

Monsieur le commandeur. Fleury demande s'il faut dételer.

LE COMMANDEUR.

Mais non! mais non! ne sait-il pas que ces messieurs m'attendent?

JUSTINE.

Ah! voilà, monsieur! c'est que justement ils ne vous ont pas attendu.

LE COMMANDEUR, *se levant précipitamment.*

Comment cela?

JUSTINE.

Ils n'ont pas voulu aller dans le pavillon... Ils sont partis tout de suite.

LE COMMANDEUR, *après un geste de dépit.*

Alors, je n'ai plus besoin de rester ici. (*Haut.*) Adieu, ma chère Manon. (*Il s'approche d'elle.*)

JUSTINE.

Tiens, madame s'est endormie.

LE COMMANDEUR.

Ne la réveille pas... Je l'embrasserai une autre fois. (*Il donne une bourse à Justine.*) Je sors par le petit escalier.

JUSTINE, *à part.*

Ah bien! il n'est pas changé. (*Elle sort par la gauche, en éclairant le Commandeur.*)

SCÈNE XII.

MANON, *seule.*

(*Elle relève les yeux, regarde autour d'elle, puis elle saisit le livre et l'ouvre au hasard. Lisant.*)

« O toi qui sus aimer une fois, comment ton tendre cœur a-
» t-il oublié de vivre? Ah! Julie! crois-moi, tu chercheras vai-
» nement un autre cœur ami du tien. Mille t'adoreront, sans
» doute; le mien seul te savait aimer. » (*La voix de Manon s'est remplie de larmes; elle ferme le livre, se lève vivement comme pour secouer les idées qui viennent l'assaillir; puis elle continue, en se regardant fixement dans la glace de la toilette.*) Riches habits! brillantes parures! que m'avez-vous donné en échange du bonheur que j'ai perdu pour vous conquérir? Diamants insensibles! l'éclat de vos mille facettes vaut-il un regard de l'amant aimé? vos bruissements séducteurs valent-ils le murmure de sa voix amoureuse? (*Elle détache ses boucles d'oreilles.*) Riche collier, as-tu jamais fait tressaillir mes épaules nues? (*Elle ôte son collier.*) O Des Grieux! Des Grieux!... (*Des Grieux est entré sur ces dernières paroles; Manon l'aperçoit dans la glace et pousse un cri. A part.*) Lui! lui!... (*Elle va s'élancer, mais elle chancelle et s'appuie au fauteuil.*)

SCÈNE IV.

MANON, DES GRIEUX, *costume de voyage.*

DES GRIEUX, *après un silence.*

Mademoiselle Manon, je ne vous dérangerai pas longtemps, une minute seulement... Je pars ce soir avec monsieur le marquis : nous allons courir le monde, et je viens vous faire mes adieux, des adieux éternels!... (*Manon fait un mouvement.*) Adieu donc!...

MANON, *d'une voix brisée.*

Qui vous presse?

DES GRIEUX.

Plaît-il?

MANON.

Restez un peu.

DES GRIEUX, *après un silence.*

Soit. (*Il parcourt le boudoir du regard: d'un ton railleur.*) Vous avez bien fait de quitter notre modeste demeure de Chaillot; votre infidélité est parfaitement logée. (*Manon lève les yeux sur lui. Continuant.*) Vous savez maintenant ce que valent un éclair de vos yeux bleus et un sourire de vos lèvres roses.

MANON, *timidement.*

Écoutez-moi!

DES GRIEUX.

Vous voulez me raconter l'histoire de vos amours? A quoi bon? Je la connais, vous n'avez rien inventé; vos petits pieds n'ont pas tracé une route nouvelle; vous suivez le sentier frayé par tant d'autres, et dans lequel tant d'autres marcheront après vous. Pour arriver plus vite au terme de votre course, vous avez jeté, n'est-ce pas, ce bagage incommode que la sotte vertu traîne après soi. Vous avez bien fait, Manon ; bon voyage.

MANON.

Chevalier... (*Moment de silence.*)

DES GRIEUX, *avec un commencement de fièvre.*

Vous devez bien regretter, dites, les heures passées auprès de moi ; heures perdues à m'aimer ! Malheureusement, je ne puis vous les rendre.

MANON, *qui s'est approchée peu à peu, essayant de sourire.*

Des Grieux !...

DES GRIEUX.

Je suis pauvre, madame ; pourquoi me sourire ?

MANON.

Oh ! (*Elle lui prend la main.*)

DES GRIEUX, *la repoussant.*

A quoi bon me presser la main ? je suis pauvre. (*Manon porte la main à ses yeux.*) Ah ! je vous en prie, mettez-vous à votre aise ; que vos sentiments ne fassent pas de toilette pour moi. Croyez-moi, ma jolie comédienne, faites votre métier, quand vous serez sur la scène, et je crierai bravo et je battrai des mains ; mais nous sommes seuls, vous pouvez enlever la candeur de votre front et la pudeur de vos joues. Vous pouvez ôter aussi votre cœur, et me montrer comment c'est fait.

MANON, *courbant la tête.*

Chevalier !

DES GRIEUX, *dont l'ironie se fond peu à peu.*

Perfide Manon ! fille ingrate et sans foi ! qu'as-tu fait de ma jeunesse ? Grâce à toi ma maison est triste et désolée ; les éclats joyeux de ta gaieté n'ont servi qu'à rendre plus muets encore ces murs qui ne peuvent plus les répéter. Ton amour n'a traversé le rêve de ma vie que pour me faire maudire le réveil.

MANON.

Mon chevalier, ne me parlez pas ainsi.

DES GRIEUX.

Si tu savais quel amour tu as perdu, Manon ? (*Faiblissant peu à peu.*) J'avais tout résumé en toi : mon horizon, c'était tes deux bras enlacés ; ma tendresse pour toi avait dévoré dans mon sein toutes les autres tendresses. J'étais devenu mauvais ami et fils ingrat à force de t'aimer ; j'avais oublié les cheveux blancs de mon père en jouant avec les réseaux de ta chevelure brune ; j'oubliais les larmes de ma mère en te voyant sourire. Ton ombre amoureuse, en se penchant vers moi, m'avait caché la vie, et parce que je te voyais jeune et heureuse, il me semblait que tout sur la terre était jeunesse et bonheur.

MANON, *très-émue.*

Pauvre chevalier.

DES GRIEUX, *avec fierté.*

Manon, ne pleurez pas sur moi ; mais sur vous-même. Pleurez l'amour que vous avez perdu.

MANON, *l'enlaçant de ses bras.*

Regardez-moi ; ai-je cessé d'être belle ?

DES GRIEUX, *luttant contre son émotion.*

J'ai cessé de t'aimer.

MANON.

Je ne te crois pas. (*Elle veut l'embrasser, des Grieux la repousse.*) Ah ! tu vois bien ! tu n'oses pas ; mon chevalier, il n'y a pas de haine dans tes yeux.

DES GRIEUX.

Non ; mais du mépris.

MANON, *avec douleur.*

Ah !... (*Elle lâche sa main.*)

DES GRIEUX, *après un silence et d'une voix émue.*

Manon ! soyons amis ! (*Manon ne lui répond pas et va s'asseoir près de la toilette ; très-ému.*) Acceptez l'amitié que je vous offre.

MANON, *froidement.*

Je l'accepte !

DES GRIEUX, *après un mouvement.*

Je voudrais vous aimer d'amour... je ne le pourrais plus.

MANON.

Qu'y faire !...

DES GRIEUX.

J'ai beau fouiller la cendre de mes tendresses passées, je n'y trouve plus une étincelle. Vous êtes devant moi, et rien ne me dit là que ce soit vous. (*S'approchant.*) Je vous regarde encore avec bonheur, mais parce que vous me rappelez la Manon d'autrefois. Enfin ! il me semble que vous soyez l'image de marbre placée sur le tombeau de la femme que j'ai tant aimée. (*Manon a défait ses dentelles et découvert ses bras et ses épaules. Des Grieux s'arrête, puis il continue d'une voix tremblante.*) Aussi, je vous le dis, Manon, acceptez cette amitié que je vous offre, car c'est tout ce que je puis vous donner. Tout est fini entre nous ! (*Il va s'éloigner. Manon dénoue ses cheveux qui tombent sur ses épaules. Des Grieux, un peu derrière elle, la dévore des yeux.*)

MANON.

Tout est fauché, plus de faucilles (1) ;
Faneuses, retournez-vous en.
Vous les garçons, et vous les filles,
Vous reviendrez au bout de l'an.

(*Des Grieux se rapproche.*)

MANON, *chantant tristement.*

Tout est fauché, la place est nette,
Nouez votre dernier bouquet,
(*Soupirant.*)
Car la petite pâquerette
Est morte avec le serpolet.

DES GRIEUX, *tombant aux genoux de Manon et l'enlaçant de ses bras.*

Oh ! Manon !

MANON.

Mon chevalier !

DES GRIEUX.

Manon ! que je me hais de t'aimer ainsi !...

MANON, *avec un cri de joie, enlaçant le cou de Des Grieux.*

Ah ! mon chevalier bien aimé ! oh ! il était temps, vois-tu ? je souffrais trop. Sais-tu que tu m'as dit des paroles bien dures ? Va ! je ne les méritais pas toutes ! je te dirai... je t'expliquerai...

DES GRIEUX.

A quoi bon ? innocente ou coupable, mon destin n'est-il pas de t'aimer !

MANON, *avec passion.*

Crois-moi ! je suis bien encore ce que j'étais hier, ce que je serai demain et toujours.

DES GRIEUX, *toujours à genoux.*

Manon ! ma chère Manon !

MANON, *folle de joie.*

Mon chevalier, mon cher chevalier, que je vous regarde donc !.... il me semble qu'il y a un siècle que je ne vous ai vu.

DES GRIEUX.

A qui devez-vous vous en prendre, Manon ?

MANON.

Que sais-je ! à la fatalité. Comme ta toilette est en désordre. (*Elle défrippe son jabot et ses manchettes.*) C'est donc le chagrin qui vous a chiffonné de la sorte ; et ces cheveux ! laissez, je veux les accommoder moi-même. (*Peignant les cheveux de Des Grieux.*) Mon chevalier, pourquoi ne parfumiez-vous pas les ondes de votre chevelure ?

DES GRIEUX.

Parce que les blanches mains de Manon ne s'y baignaient plus.

MANON.

Je t'aime ! (*Elle s'arrête pour lui prendre un baiser, puis continue. Justine entre vivement.*)

JUSTINE.

Madame ! madame ! voici monsieur le vicomte. (*Apercevant Des Grieux.*) Ah !

DES GRIEUX.

Le vicomte, à cette heure, chez vous ; quel vicomte ?

MANON.

Faites-le monter. (*Justine sort.*)

DES GRIEUX.

Me direz-vous ?

MANON.

Cher amant, toi que j'adore, obéis-moi, un moment, un seul moment ; je t'en aimerai mille fois davantage.

DES GRIEUX.

Ah ! c'est trop d'audace. (*Il veut se lever. Manon le retient par les cheveux. Synnelet paraît.*)

SCÈNE V.

LES MÊMES, SYNNELET, *puis* LE MARQUIS.

DES GRIEUX.

Le vicomte de Synnelet !

SYNNELET.

Le chevalier !

MANON, *présentant un miroir à Synnelet.* *

Monsieur le vicomte, regardez-vous bien ; vous êtes jeune, vous êtes beau !... et vous me demandez de l'amour ? Eh bien ! (*enlaçant Des Grieux*) voilà l'homme que j'ai juré d'aimer toute ma vie ; et je vous déclare qu'aux yeux de votre très-humble servante, tous les Synnelet de la terre ne valent pas un seul des cheveux que je tiens. (*Manon se jette dans un fauteuil et part d'un long éclat de rire. Le rire de Manon est répété par le Marquis, qui a paru au fond et qui a assisté à cette scène. Le Marquis descend en riant. Des Grieux va à Synnelet.*)

DES GRIEUX. **

Monsieur, je suis à votre disposition.

SYNNELET, *après un mouvement de colère et avec un grand sang-froid.*

Pardon, chevalier ; mais si vous me tuez, mademoiselle Manon ne vous en aimera pas moins ; et si je vous tue, elle ne m'en aimera pas davantage ; je préfère donc rire avec vous de ce badinage.

LE MARQUIS, *bas à Synnelet.*

Vicomte, on voit vos dents. (*Il passe à droite.*)

SYNNELET, *bas.*

Laissez-moi donc tranquille ! (*A Des Grieux.*) Je vous en prie, chevalier, ne me gardez pas rancune, et vous non plus, belle Manon ; croyez-moi, votre amour m'a touché, et d'honneur je veux être un de vos plus fidèles alliés. Disposez donc de moi et de mes gens.

LE MARQUIS, *à part.*

Le sac et la corde.

SYNNELET, *gaîment.*

Pardieu, il ne sera pas dit que je serai la seule victime, et je me ligue avec vous contre le commandeur.

MANON.

Monsieur le vicomte ?

SYNNELET.

Acceptez, de grâce ?... ou je croirai que vous me gardez rancune. (*Il tend la main à Manon et à Des Grieux.*) Touchez là, je vous prie.

LE MARQUIS. *

Donnez, donnez la main au vicomte, chevalier, et vous aussi, mademoiselle Manon. (*Ils lui donnent la main.*) Cela n'engage à rien, n'est-ce pas, monsieur de Synnelet.

SYNNELET, *avec impatience.*

Eh ! monsieur !

LE MARQUIS. *

Voulez-vous la mienne ?...

SYNNELET.

Toujours sceptique. — Vous doutez de moi, et pourtant mon cœur est sincère.

LE MARQUIS, *bas.*

Allons donc, il a mis un faux nez, voilà tout.

SYNNELET.

Vous vous trompez, mon amour est mort et bien mort.

LE MARQUIS, *de même.*

Et votre âme sera plus noire que jamais, sous prétexte de grand deuil. (*Il passe à gauche.*)

SYNNELET, *à part.*

Cet homme semble n'être venu en ce monde que pour donner aux gens l'envie de l'envoyer dans l'autre. (*Le Marquis est remonté près de Manon. Lescaut pousse la fenêtre avec fracas et tombe au milieu de la chambre.*)

SCENE VI.

LES MÊMES, LESCAUT, *ivresse bruyante.*

LESCAUT, *en tombant.*

Ouf !

MANON.

Ah !

TOUS.

Monsieur Lescaut !

LESCAUT, *fermant la fenêtre.*

Ils ont perdu ma trace.

MANON. *

Lescaut ! ce désordre !

LESCAUT.

Je suis gris ! trois fois gris, ventrebleu ! Une fois n'est pas coutume.

MANON.

Que vous est-il donc arrivé ?

LESCAUT, *apercevant Des Grieux.*

Des Grieux ici !... Figurez-vous... (*prêtant l'oreille*) non, rien.

MANON.

Qu'avez-vous donc ?

LESCAUT.

Ma chère cousine, j'ai mis aujourd'hui tous les limiers de la police à mes trousses. — Il y a des jours malheureux pour moi. — Les jours de nouvelle lune, par exemple. Je me trouvais ce soir dans un lansquenet, je gagnais des sommes fabuleuses, quand un des joueurs m'accusa de tricher ! Ventrebleu ! offensé de cette vérité, je lui lançai les cartes à la figure, et, ne sais comment, je finis par laisser mon épée dans un trou de son habit ; je venais d'emprunter une autre épée à l'un de mes voisins, quand par malheur, le guet a fait irruption dans le tripot. — Le guet entrait par la porte, je suis sorti par la fenêtre, laissant aux mains de mes ennemis, et ducats et pistoles, et de toits en balcons j'ai pu arriver jusqu'ici. — Or, ma chère cousine, comme il est prudent que je m'éloigne, pour un temps, du théâtre de mes exploits, je viens vous prier, sans façon, de m'en faciliter les moyens.

MANON.

Mais...

LESCAUT.

J'ai cru pouvoir faire fond sur vous.

MANON.

Vous avez bien fait, mais c'est que...

LESCAUT.

Vous n'êtes peut-être pas en argent comptant.

DES GRIEUX.

Nous nous disposons nous mêmes à la fuite.

LESCAUT.

Vraiment ! Eh bien ! j'en suis ravi ! pour faire pièce au commandeur, car il nous a tous trompés.

SYNNELET.

Bah ! mon oncle.

LESCAUT, *l'apercevant.*

Oui, monsieur, il a oublié de me payer ma pension d'avance, et ma foi ! à corsaire, corsaire et demi... c'est ma devise.

LE MARQUIS.

Elle est dans vos armes ?

LESCAUT, *se retournant.*

Oui, monsieur... Tiens c'est Fénelon !

DES GRIEUX.

Si vous voulez nous accompagner, nous vous déposerons en lieu sûr... Ma bourse est assez bien garnie... Je vais faire avancer un carrosse.

MANON, *au Chevalier.*

Vous sortirez par la petite porte, elle donne sur une rue déserte, le carrosse attendra là ; moi, pendant ce temps, je rassemblerai tout ce que je dois à la générosité du commandeur, car je veux tout lui rendre.

LESCAUT, *à part.*

Hein ! rendre !... Mais j'ai un contrat !

MANON, *à Des Grieux.*

Hâtez-vous.

DES GRIEUX.

Je cours. (*Il sort par le fond.*)

SYNNELET.

Moi, belle Manon, je vais veiller de mon côté à ce que votre départ ne soit pas inquiété. (*Il baise la main de Manon, qui sort par la gauche.*)

LE MARQUIS, *à part.*

Il médite quelque coquinerie, c'est sûr.

SYNNELET, *regardant sortir Manon, et avec un geste de menace.*

Oh! mademoiselle Manon!...

SCENE VII.

LE MARQUIS, SYNNELET, LESCAUT.

LE MARQUIS, *allant à Synnelet.**

Monsieur de Synnelet, vous allez vous venger, n'est-ce pas?

SYNNELET, *après un moment de silence.*

Peut-être.

LE MARQUIS.

J'en suis désolé pour vous, mais cela ne se peut pas.

SYNNELET.

Et pourquoi?

LE MARQUIS.

Pardieu! parce que cette petite pastorale de Manon et de Des Grieux me plaisait, et que j'ai fourré cela dans mes mémoires.

SYNNELET.

Eh bien, qu'est-ce que cela fait?

LE MARQUIS.

Cela fait que mon libraire est vertueux, et que, si vous continuez, il ne voudra pas imprimer mon livre.

SYNNELET, *riant.*

Pourquoi cela?

LE MARQUIS.

Eh mais! parce que vous êtes trop effrontément vicieux, et qu'on ne pourrait pas vous lire.

SYNNELET, *riant.*

Ah! ah! ah! Pardon, monsieur, pardon; mais j'aime Manon, il me la faut à tout prix, et je l'aurai, dussé-je la perdre, et son amant avec elle.

LE MARQUIS.

Très-bien. Alors je serai forcé de vous tuer.

SYNNELET.

Me tuer!

LE MARQUIS.

Eh! oui, comme cela ce sera moral.

SYNNELET.

Vous croyez? (*Très-froid.*) Eh bien, monsieur, voulez-vous accepter mon bras pour faire un tour de promenade hors des portes?

LE MARQUIS.

Avec plaisir, vicomte.

SYNNELET, *riant.*

Tenez-vous bien, j'ai la main malheureuse.

LE MARQUIS.

Je ferai de mon mieux dans l'intérêt de la morale. (*Ils se prennent le bras et remontent.*)

LESCAUT, *qui relisait son contrat, arrêtant Synnelet.*

Pardon, monsieur le vicomte, un conseil. Ma cousine hésite en s'en allant à emporter quelques bagatelles que monsieur le commandeur a été trop heureux de lui offrir. Moi je craindrais de faire outrage à monsieur de Brébœuf en semblant faire fi de ces cadeaux, et je crois que je...

SYNNELET.

Cela est finement pensé, monsieur de Lescaut (*Au Marquis.*) Je suis à vous, marquis. (*A Lescaut.*) Et si j'ai un conseil à vous donner, c'est d'épargner cette douleur à mon oncle.

LESCAUT, *avec noblesse.*

Je vous le promets.

SYNNELET, *à part.*

Oh! Manon! Manon! je vous tiens peut-être! (*Au Marquis.*) Monsieur...

LE MARQUIS.

Après vous, de grâce. (*Ils se font des politesses et sortent par le fond.*)

CENE VIII.

LESCAUT, *puis* MANON.

LESCAUT.

L'hôtel, je ne puis l'emporter, mais monsieur de Brébœuf le comprendra et il me pardonnera. (*Manon paraît avec une cassette, elle la dépose sur la toilette et y place tous ses bijoux.*)

MANON.

Je me sens heureuse! car je lui laisse là tout ce qui est à lui, et j'ai repris ce qui est bien à moi: mon amour et ma liberté!

SCENE IX

LES MÊMES, LE COMMANDEUR, *puis* DES GRIEUX.

LE COMMANDEUR, *entrant par la gauche d'un pied léger.*

(*A part.*) Eh! palsembleu! tant pis! je veux ce soir brûler mes vaisseaux. Hem! hem!

MANON, *avec un cri.*

Ah!

LESCAUT, *à part.*

Le commandeur!*

LE COMMANDEUR, *à part.*

Le cousin! (*Haut.*) Monsieur... (*Ils se saluent. A part.*) C'est fâcheux! (*Pirouettant.*) Ah! bath! je l'éloignerai.

MANON, *à part.*

Quel contre-temps!

LE COMMANDEUR.

Palsembleu! belle Manon, j'ai pu m'échapper, le roi s'est endormi pendant que je lui parlais, et je viens souper avec vous.

MANON.

Ah!

LE COMMANDEUR, *à Lescaut.*

Monsieur, vous serez des nôtres. J'ai commandé toutes sortes de vins et de ragoûts, (*à Manon*) ainsi que des instruments!... je veux que ce soit fête ici toute la nuit. (*Il pirouette. Des Grieux entre vivement par le fond.*)

DES GRIEUX.

Tout est prêt, Manon. (*Apercevant Lescaut qui lui fait des signes, il se retourne et voit le Commandeur.*)

LE COMMANDEUR.*

Hé! qu'est-ce? (*Manon part d'un grand éclat de rire, le Commandeur est très-sérieux; Des Grieux salue avec embarras.*)

LESCAUT, *à part.*

Sacrebleu! Ah! de l'aplomb... (*Haut.*) M. le commandeur, je vous présente mon cousin, le frère de mademoiselle manon.

LE COMMANDEUR.

Ah! ce jeune homme est votre frère?

MANON.

Oui, oui, monsieur... un frère qui m'arrive du fond de l'Angoumois... et son air gauche... son embarras... (*Elle rit plus fort.*)

LESCAUT, *présentant Des Grieux*

Veuillez l'excuser, monsieur, c'est un garçon fort neuf; il est bien éloigné, comme vous voyez, d'avoir les airs de Paris.

DES GRIEUX, *à Manon.*

Manon, je ne puis souffrir...

MANON, *bas.*

Je t'en supplie. (*Haut.*) Mon frère, vous aurez l'honneur de voir ici souvent M. le commandeur, faites votre profit d'un si bon modèle.

LE COMMANDEUR.

Oh! oh! mademoiselle Manon!... il est gentil... très-gentil! Vous l'intimidez... Remettez-vous mon ami... touchez là.

DES GRIEUX.

Monsieur!..

LE COMMANDEUR, *à Lescaut.*

Je lui trouve de l'air de Manon.

LESCAUT.

N'est-ce pas?

LE COMMANDEUR, *examinant Des Grieux.*

Dans les yeux.

LESCAUT.

Dans les yeux? oh! non, je ne trouve pas.

LE COMMANDEUR.

Si, et puis le nez, la bouche... tenez, quand il rit. (*Des Grieux imite Manon qui rit aux éclats.*)

LESCAUT, *très-sérieux.*

Oh! non plus.

LE COMMANDEUR.

Le front?

LESCAUT.

Oh! point du tout.

LE COMMANDEUR.

Mais alors, il ne lui ressemble pas.

LESCAUT.

Si fait; il y a je ne sais quoi qui trahit la parenté.

LE COMMANDEUR.

C'est peut-être cela.

LESCAUT.

C'est-à-dire que c'est frappant.

MANON, *bas à Des Grieux.*

Parlez donc!

DES GRIEUX, *au Commandeur.*

Monsieur, ce ne sont pas nos traits, mais nos cœurs qui se rapprochent le plus.

LESCAUT, *toussant.*

Hum! hum!

LE COMMANDEUR.

Ah! bravo! c'est admirable pour un garçon de province.

LESCAUT, *à un valet.*

Que l'on serve le souper! (*Parlant à Des Grieux et à voix basse.*) Je vais dire au fiacre qu'il attende. (*A part.*) Et du même coup, mettre en lieu sûr cette... (*Il prend la cassette et sort en l'emportant dans son manteau.*)

LE COMMANDEUR.

Jeune homme, vous serez des nôtres. (*A Manon.*) Une petite pointe de vin lui donnera l'aplomb qui lui manque. Ah! voilà le souper. (*Il remonte; les laquais ont apporté une table servie.*)

DES GRIEUX, *bas à Manon.*

Manon, tu vois ce que tu me fais faire?

MANON.

Ce sera ma dernière folie. (*Elle l'embrasse; le Commandeur se retourne, Manon éclate de rire. Lescaut rentre.*)

LESCAUT.

A table! à table.

ENSEMBLE.

Air *des Mousquetaires.*

LE COMMANDEUR.

L'instant de la folie
Rapide va s'enfuir.
Ménageons dans la vie
Les heures du plaisir.

LESCAUT

Amis, puisque la vie
Dès demain peut finir,
Vidons jusqu'à la lie
La coupe du plaisir.

DES GRIEUX, *bas à Manon.*

En vain ta voix me prie,
Je n'y puis consentir;
D'une telle folie
Le ciel peut nous punir.

MANON.

A mes vœux, je t'en prie,
Daigne encor obéir.
Après cette folie
Je veux me convertir.

DES GRIEUX.

Manon, toi que j'adore
Je t'en prie, à genoux
Partons!..

MANON.

Une heure encore
Et je suis toute à vous.

LESCAUT *et* LE COMMANDEUR.

Hâtons-nous!

REPRISE DE L'ENSEMBLE.

DES GRIEUX.

Encor cette folie,
Il faut y consentir!
A maîtresse jolie
Comment désobéir? (*Il s'assied.*)

LE COMMANDEUR, *aux valets, qui ont empli les verres.*

Allez, et dites à messieurs les violons de nous donner du dernier tendre.

MANON.

Quoi! vraiment!

LESCAUT.

Oui, c'est monsieur le commandeur qui paye les violons. (*On rit.*) A votre santé, commandeur.

LE COMMANDEUR.

A celle de la belle Manon, que je ne vis jamais aussi gaie.

MANON, *buvant.*

Oh! moi, commandeur, quand je suis heureuse, ma gâieté éclabousse tout le monde.

LE COMMANDEUR.

Et vous êtes heureuse, ce soir? (*Il veut lui baiser la main.*)

MANON, *bas.*

Commandeur, prenez garde! devant mon frère! (*Elle a retiré sa main au Commandeur et donne l'autre à Des Grieux.*)

LE COMMANDEUR.

C'est juste! c'est juste! (*Des Grieux baise la main de Manon.*)

LESCAUT.

Buvez donc, commandeur. (*Il verse.*)

LE COMMANDEUR.

Laissez.... laissez! (*Regardant Manon.*) Elle est charmante! De quoi riez-vous, belle Manon? (*Des Grieux rit aussi.*) Ah! ah! le jeune homme commence à s'égayer. De quoi riez-vous, belle Manon?

LESCAUT.

Commandeur, ma cousine rit d'une histoire que je lui racontais tout à l'heure.

LE COMMANDEUR.

Une histoire?

LESCAUT.

Scandaleuse.

LE COMMANDEUR

Bravo! j'adore ces petites choses-là, moi; racontez-la-moi. Ah! diable! mais ce jeune homme! (*Buvant.*) Ah! bath! ça le formera!

LESCAUT.

C'est une histoire arrivée à un commandeur. Buvez donc.

LE COMMANDEUR.

Hein?

LESCAUT.

Ah! tiens! c'était aussi un commandeur; seulement, il était vieux.

LE COMMANDEUR.

Ah!

LESCAUT.

Oui, et fort laid.

LE COMMANDEUR.

Il s'en trouve.

LESCAUT.

Oui, il y en a... Buvez donc. Il se croyait aimé d'une jeune fille, belle...

LE COMMANDEUR.

Comme mademoiselle Manon?

LESCAUT.

Absolument. Alors... (*Versant.*) Buvez donc, commandeur.

LE COMMANDEUR.

Laissez, laissez. Alors?...

DES GRIEUX, *bas.*

Quand serons-nous loin d'ici?

LESCAUT.

Un soir...

MANON, *bas.*

Je t'aime! (*Elle l'embrasse; le Commandeur se retourne; elle lui rit au nez.*)

LESCAUT, *le faisant retourner de son côté.*

Regardez-moi donc, commandeur.

LE COMMANDEUR, *qui n'en fait rien.*

Oui, oui.

LESCAUT.

Ah! d'abord quand on ne me regarde pas je ne peux pas conter.

LE COMMANDEUR, *profondément distrait par la gaieté de Manon.*

Ah!

MANON, *lui retournant la tête.*

Mais regardez-le donc!

LE COMMANDEUR.

Allons, je vous regarde. Vous disiez qu'un soir...

LESCAUT.

Un soir, comme le commandeur venait souper avec sa belle, l trouva un galant installé à sa place.

LE COMMANDEUR.

Bah !

LESCAUT.

C'est drôle, n'est-ce pas ?... Buvez donc.

LE COMMANDEUR.

Et...

LESCAUT.

La petite commère, pas du tout embarrassée, cacha l'amoureux derrière le frère.

LE COMMANDEUR, *un peu étourdi.*

Il y avait donc un frère ?

LESCAUT.

Mais non.

LE COMMANDEUR.

Vous me dites...

MANON.

Sans doute. Supposez que mon frère ne soit pas mon frère, et que...

LESCAUT.

C'est ça. (*Manon rit, Des Grieux en fait autant.*)

LE COMMANDEUR.

Ah ! j'y suis ! ah ! j'y suis! ah ! ah ! ah !

LESCAUT.

C'est drôle, n'est-ce pas?

LE COMMANDEUR.

Oui ; mais c'est invraisemblable.

LESCAUT.

C'est pourtant arrivé il n'y a pas longtemps.

LE COMMANDEUR.

Et il n'a pas découvert... c'était un fier imbécile. A sa santé.

LESCAUT.

A la vôtre, commandeur. (*Tout le monde trinque avec lui.*) Le plus plaisant, c'est que pendant tout le temps que dura le souper le vieux commandeur n'osa pas baiser le bout des doigts de sa belle.

LE COMMANDEUR.

Ah ! ah ! ah ! (*Manon rit à se tordre.*) C'est trop fort.

MANON, *riant.*

N'est-ce pas? Ah! ah! ah !

LE COMMANDEUR, *la regardant*

Ah ! ah ! ah ! Elle est charmante ! (*Il veut lui prendre la main.*)

MANON, *la retirant et lui montrant Des Grieux.*

Monsieur !

LE COMMANDEUR.

C'est juste !

LESCAUT, *continuant.*

Tandis que le frère... Buvez donc.

LE COMMANDEUR.

Mais il y avait donc un frère ?

LESCAUT.

Mais non, sacrebleu !... Tenez. (*Lui montrant Des Grieux qui embrasse Manon.*)

LE COMMANDEUR, *un peu gris et très-hébété par ce spectacle.*

Oui, je vois; eh bien ?

LESCAUT.

Eh bien, supposez qu'il ne soit pas sa sœur, non, qu'elle ne soit pas son frère... enfin, qu'il ne soit pas ma cousine... Sacrebleu ! vous ne comprenez donc rien ?

LE COMMANDEUR, *prenant tout à fait son parti.*

Si, si. Ah ! ah ! ah !

LESCAUT, *chantant et buvant.*

AIR *nouveau de M. Couderc.*

Vins généreux,
Propos joyeux !
Coulez, coulez des flacons et des lèvres,
Enivrez-nous de vos bachiques fièvres
Vins généreux ! (*bis*)

DES GRIEUX, *qui causait bas avec Manon.*

Oh! partons, partons.

LE COMMANDEUR, *qui commence à parler d'une voix pâteuse.*

Et enfin?

LESCAUT.

La belle s'est enfuie avec son frère.

LE COMMANDEUR, *s'endormant.*

Vous voyez bien qu'il y avait un frère.

LESCAUT.

Mais non. Buvez donc.

LE COMMANDEUR.

Laissez, laissez. (*Il s'endort peu à peu.*)

LESCAUT, *chantant à mi-voix.*

Pour le fruit des coteaux
Désertant vos roseaux.
Faunes, venez vous suspendre à nos treilles

(*Baissant la voix.*)

Pour combler tou vos vœux,
Bacchantes aux doux yeux,
Silène a mis les amours en bouteilles.

ENSEMBLE, *deux fois.*

Vins généreux, etc.

(*Lescaut a baissé peu à peu la voix, la reprise se fait en sourdine et va en s'éteignant avec la voix du Commandeur. Des Grieux et Manon se lèvent doucement et tout en chantant se dirigent vers la porte.*)

LE COMMANDEUR, *se réveillant à demi.*

Vins généreux !...

(*Ils s'arrêtent; mais le Commandeur continue bas et sa voix s'éteint tout à fait. Lescaut ouvre la porte, Des Grieux et Manon vont sortir. Synnelet paraît.*)

SCÈNE X.

LES MÊMES, SYNNELET, GARDES.

SYNNELET, *riant.*

Ah ! ah !

LE COMMANDEUR, *se réveillant en sursaut.*

Vins généreux !...

SYNNELET.

Ah! ah! ah! Bravo, mon oncle.

LESCAUT.

Diable !

LE COMMANDEUR, *se relevant en trébuchant.*

Hein? Que signifie ?...

SYNNELET. *

Cela signifie, mon oncle, qu'en bon neveu, je veillais sur vos intérêts, malgré d'importantes affaires. Par exemple : une rencontre avec notre cher misanthrope qui pourra maudire l'humanité tout à son aise dans son lit pendant un mois ou deux. Cela signifie, enfin, mon oncle, que vous avez été dupe de ces charmants enfants.

DES GRIEUX.

Monsieur !... (*Au Commandeur.*) Il est temps de jeter le masque; je suis le chevalier Des Grieux.

LE COMMANDEUR.

Le chevalier... Quoi! c'était... et cette histoire. (*A Manon.*) Ah ! traîtresse !

MANON, *riant.*

Ah ! ah ! ah ! Oui, monsieur, oui, voici l'homme que j'aime, et je vous dis adieu ! — Viens, mon chevalier. (*Elle veut sortir.*)

LESCAUT.

Vous voyez bien qu'il n'y avait pas de frère.

UN OFFICIER, *ouvrant la porte du fond, qui laisse voir des soldats du guet.*

Pardon, chevalier ! la voiture qui est en bas est à vous?

DES GRIEUX.

Oui, monsieur?

L'OFFICIER.

Et cette cassette ?

LE COMMANDEUR.

Cette cassette? — Mais elle est à moi !

LESCAUT, *à part.*

Aïe !

LE COMMANDEUR.

Ah! mes fripons!

MANON.

Mais...

DES GRIEUX.

Ciel!

LESCAUT.

La cassette est à nous, je le ferai connaître, moi, Lescaut, soldat aux gardes du régiment du roi.

L'OFFICIER.

Nous vous cherchions, monsieur.

LE COMMANDEUR.

Qu'on les arrête tous!

SYNNELET.

Une minute! (*Il s'approche de Manon, à mi-voix.*) Mademoiselle Manon, j'ai là une lettre de cachet, je n'ai qu'à la monrer, et l'officier que voilà va être conduit tout à l'heure à la Bastille par les soldats que vous voyez. (*D'une voix passionnée.*) Dites un seul mot, et vous êtes sauvée.

MANON, *avec mépris.*

Perdue! perdue! mais toujours à lui!

ACTE IV.

Une salle basse, dans une hôtellerie aux portes du Havre. — Cette salle est voûtée, et s'ouvre toute grande sur un vaste corridor dont les hautes fenêtres donnent sur la mer. — Au quatrième plan, à gauche, s'appuie contre le pied de la voûte la base d'un escalier qui conduit à une chambre supérieure, et disparaît en tournant. — A droite, même plan, mais en deçà de la voûte, quelques marches droites conduisant à une autre chambre. — Au premier plan, même côté, une porte. A gauche, du premier plan au quatrième, deux portes.

SCÈNE I.

(*Au lever du rideau, des voix avinées partent de la chambre supérieure, et chantent le refrain suivant.*)

Séduisants mousquetaires,
Intrépides buveurs,
Remplissez tous les cœurs
Et videz tous les verres.

(*Francolin paraît sur l'escalier. Lescaut sort de la deuxième porte à gauche, en se bouchant les oreilles.*)

FRANCOLIN, *aux archers qu'on ne voit pas.*

Allons, dans une heure, le navire met à la voile, et nous, nous piquons vers Paris.

LESCAUT.

Dites donc, brigadier, je dois vous prévenir que vous avez là un gentilhomme et que moi-même...

FRANCOLIN.

Eh! mais... c'est Lescaut!

LESCAUT.

De Lescaut, du régiment du roi... Bonjour mon ami, bonjour. Dites donc à vos estafiers de ne pas nous écorcher les oreilles à M. le vicomte et à moi.

FRANCOLIN.

Ce cher Lescaut... Mais, à propos, le bruit n'a-t-il pas couru que vous aviez eu des mots avec la police de Paris?

LESCAUT.

Oh! une méprise; oui, presque rien. M. le vicomte de Synnelet, le lieutenant de police et moi, nous avons échangé à cet égard les explications les plus honorables. Mais vous avez là parmi les femmes destinées à la Nouvelle-Orléans, une personne de qualité, victime comme moi d'un ridicule malentendu. Traitez, je vous prie, mademoiselle Manon avec tous les égards dus à son rang... car avant une heure, elle sera libre...

FRANCOLIN.

Vous plaît-il que j'ordonne à mes hommes de boire à sa santé?

LESCAUT.

Cela me plaît... mais la décence veut que je sanctionne par ma présence cet hommage rendu à la beauté et au malheur.

FRANCOLIN.

Pour bien faire, il faudrait que la décence vous permît de payer... car...

LESCAUT, *gracieusement.*

Comment donc! elle me l'ordonne!

FRANCOLIN.

Bravo! sergent!

LESCAUT, *à part.*

Rendons-nous populaire. (*Montant l'escalier, à Francolin.*) Eh bien! vous ne venez pas?

FRANCOLIN.

Tout à l'heure; (*montrant la porte à droite*) je dois une visite à nos intéressantes victimes.

SCÈNE II.

FRANCOLIN, *au fond un* PIQUEUR, LE MARQUIS, *puis* SYNNELET.

LE MARQUIS *jette les yeux autour de lui; à Francolin qui allait entrer à droite.*

Ne faites-vous point partie de l'escorte qui a dû accompagner quelques malheureuses filles qu'on exile à la Nouvelle-Orléans?

FRANCOLIN.

Oui, monsieur.

LE MARQUIS, *à part.*

J'ai bien fait de m'installer ici.

SYNNELET.

Celle que vous cherchez s'appelle peut-être Manon Lescaut.

LE MARQUIS.

Vous ici! alors je suis fixé... (*Il congédie d'un geste Francolin.*) Manon est là.

SYNNELET.

Et Des Grieux, sans doute, n'est pas loin?

LE MARQUIS, *au piqueur.*

Labriche, courez le chercher. (*Le piqueur disparaît.*)

SYNNELET.

Par Dieu! mon cher marquis, je suis ravi de vous voir.

LE MARQUIS.

Vous savez, vicomte, que nous différons d'opinion sur beaucoup de points.

SYNNELET.

Bien! bien! mais je craignais que vous ne fussiez mort.

LE MARQUIS.

Je n'ai pas jugé à propos de vous faire cette galanterie.

SYNNELET.

J'espère que vous ne m'en voulez pas de ce coup d'épée...

LE MARQUIS.

Ce n'est pas à vous que j'en veux, c'est à moi. (*Il fait un pas pour sortir.*)

SYNNELET.

Dites donc, je sais de vos nouvelles. Vous venez au Havre pour y voir un de vos amis qui s'y trouve, le ministre des colonies, et vous voulez lui demander la grâce de Manon... Ce n'était pas la peine de vous déranger. Mais, au fait, nous ne savez rien, vous revenez un peu de l'autre monde, et vous ignorez que mon oncle est en train d'y aller.

LE MARQUIS.

Qu'est-ce que cela me fait?

SYNNELET.

Son aventure avec Manon lui a valu tant de railleries qu'il a fini par se battre et qu'on désespère de ses jours.

LE MARQUIS.

Que m'importe!

SYNNELET.

Alors le repentir l'a pris, et il a écrit pour qu'on fît grâce à Manon.

LE MARQUIS, *revenant.*

Grâce?... et où est cette grâce?

SYNNELET.

Entre les mains d'un personnage respectable qui va venir ici.

LE MARQUIS.

Un personnage...

SYNNELET.

Et il faudra bien que Des Grieux, ou renonce à Manon, pour prix de cette faveur, ou la laisse partir en exil.

LE MARQUIS.

Ah! très-bien,.. je comprends! l'argument...

SYNNELET.

A de la valeur? Mais oui! — La grâce agit, Des Grieux s'en va, et Manon...

LE MARQUIS.

Manon vous reste! — Ah ç', je vous rencontrerai donc sans cesse dans le chemin de ces malheureux enfants? Mais je vous l'ai déjà dit, mon cher, votre personnage me gêne.

SYNNELET, *piqué.*

Désolé, mon cher, mais le personnage y est, il y restera.

LE MARQUIS.

Allons, allons, ne nous fâchons pas pour si peu. — Ainsi, voilà Manon en votre pouvoir?

SYNNELET.

Je commence à le croire.

LE MARQUIS.

J'avais rêvé un autre dénouement.

SYNNELET.

Acceptez celui-là, c'est le meilleur.

LE MARQUIS.

Vous croyez... j'y songerai, mais... (*Écoutant.*) Cette voix... c'est Des Grieux!

SCÈNE III.

LE MARQUIS, SYNNELET, DES GRIEUX.

DES GRIEUX, *suivi de Labriche.*

Mon bon Labriche, allez me quérir l'un des hommes de l'escorte; allez .. (*Apercevant le Marquis.*) Ah! c'est vous! mon cœur ne m'avait pas si bien guidé que le vôtre. J'errais encore par la ville, lorsque Labriche m'a rencontré et m'a dit : Venez, nous savons où elle est! (*Labriche est entré à gauche. Des Grieux fait quelques pas et voit Synnelet.*) Le vicomte de Synnelet!*

SYNNELET, *sèchement.*

Monsieur le chevalier, je suis votre valet.

DES GRIEUX.

Si mon valet vous ressemblait, monsieur le vicomte, je le chasserais comme le dernier des hommes.

SYNNELET.

Hein!...

LE MARQUIS.

Ah!... touché!...

DES GRIEUX.

Ainsi donc, monsieur, pendant que vous me faisiez enfermer au Châtelet pour un crime imaginaire, et que l'ami fidèle que voilà, remis à peine de sa blessure, employait tout son crédit à me faire rendre la liberté... vous, vous tramiez froidement la honte irrévocable de la seule femme que j'aie aimée...

SYNNELET.

Eh bien! après?

DES GRIEUX.

Après? J'ai rassemblé quelque argent.... je prendrai passage sur le navire qui l'emmènera... je la suivrai! Seulement, avant mon départ, nous nous reverrons, monsieur.

LE MARQUIS.

Vous l'entendez, vicomte.

SYNNELET.

Parfaitement.

LE MARQUIS.

Il la suivra.

SYNNELET.

Il le dit...

LE MARQUIS.

Eh bien, et votre argument?

SYNNELET.

Je cours le chercher; et vous, marquis, votre dénouement?

LE MARQUIS.

Je le trouverai! (*Il entre à droite.*)

SYNNELET, *sortant par le fond.*

Au revoir, monsieur le chevalier.

DES GRIEUX.

A bientôt, monsieur le vicomte.

SCÈNE IV.

DES GRIEUX, FRANCOLIN.

DES GRIEUX, *apercevant Francolin qui sort de la chambre où sont les femmes, dernière porte à droite.*

Mon ami, il faut que vous me rendiez un service.

FRANCOLIN.

D'abord et d'une, je ne connais que le mien, de service.

DES GRIEUX.

Parmi ces infortunées, il en est une...

FRANCOLIN.

Son nom?...

DES GRIEUX.

Elle s'appelle Manon.

FRANCOLIN.

Eh bien! qu'est-ce que vous lui voulez?...

DES GRIEUX.

Lui parler.

FRANCOLIN.

C'est impossible!

DES GRIEUX, *fouillant dans sa poche.*

Tenez, je vous offre dix pistoles pour une entrevue de dix minutes.

FRANCOLIN.

Une pistole par minute, c'est pour rien... enfin! (*Il remonte.*)

DES GRIEUX.

Oh! merci! merci!

FRANCOLIN, *à la porte, appelant.*

Mademoiselle Manon?

DES GRIEUX.

Je vais la revoir!...

FRANCOLIN.

Mais la morale avant tout, et la morale exige que je sois présent à l'entrevue.

DES GRIEUX.

La voilà! (*Il court à Manon.*)

FRANCOLIN.

Dix minutes seulement.

DES GRIEUX.

Oui, oui... (*Courant à elle.*) Manon!... (*Francolin va à la fenêtre du fond et regarde la mer.*)

SCÈNE V.

DES GRIEUX, MANON, FRANCOLIN, *au fond.*

MANON.

Des Grieux! Pourquoi nous être revus? pour que je meure en te quittant?

DES GRIEUX.

Mais nous ne nous quitterons pas. J'ai encore quelques ressources; cela peut suffire pour commencer un petit établissement dans les colonies, et je l'ai résolu, je pars avec toi.

MANON.

Partir! quitter ta patrie?...

DES GRIEUX.

Ma patrie? mais c'est là où tu es! c'est là-bas où tu vas.

MANON.

Des Grieux, écoute : tu ne peux pas partir, vois-tu, c'est impossible!... Du courage!... D'ailleurs, nous ne serons pas tout à fait séparés... ton cœur me suivra au delà des mers.

DES GRIEUX.

Oui, et moi je suivrai mon cœur.

MANON.

Cher bien-aimé, soyez raisonnable.

FRANCOLIN, *qui est descendu.*

Il y a dix minutes.

DES GRIEUX.

Comment ?...

FRANCOLIN, *avec conviction.*

Il y a dix minutes.

DES GRIEUX.

Ah ! tenez, tenez !... (*Il lui donne encore de l'argent.*)

FRANCOLIN.

Vingt pistoles, vingt minutes. (*Il remonte, à part.*) S'il a autant d'argent que d'amour...

MANON *est allée s'asseoir à gauche. Des Grieux revient près d'elle.*

Rentrez dans ce monde, que la coupable Manon vous avait fait quitter; allez, on croira que je suis morte, et l'on oubliera que vous m'avez aimée.

DES GRIEUX.

Qu'importe qu'on l'oublie, si moi je m'en souviens toujours?

MANON.

Vous oublierez comme les autres; un amour dont vous serez fier chassera bientôt celui dont vous aviez à rougir.

DES GRIEUX.

Manon!...

MANON.

Tu te marieras, tu épouseras...

DES GRIEUX.

Tais-toi.

MANON.

Tu sais, une de ces nobles dames que nous admirions ensemble; elle pourra t'aimer à la face de tous, et toi tu pourras t'enorgueillir de tes enfants, car Manon ne sera pas leur mère.

DES GRIEUX.

Manon, tu me fais mal.

MANON.

Ah ! c'est bien beau ces amours-là; c'est dommage qu'il n'y en ait pas pour tout le monde.

DES GRIEUX.

Manon, pourquoi me dis-tu tout cela? Tu sais bien que je ne veux pas te quitter.

MANON.

Mais moi je veux que tu me quittes. Ça me fait de la peine, je ne peux pas te dire le contraire, mais n'importe, il le faut, obéis-moi, j'y gagnerai encore, va... car là-bas, près de toi, je souffrirais de tes regrets; loin de toi, je serai heureuse de ton bonheur.

DES GRIEUX.

Manon !

FRANCOLIN, *qui a avancé sa montre et qui est descendu.*

Il y a vingt minutes.

DES GRIEUX.

Déjà !

FRANCOLIN, *montrant les aiguilles avec plus de conviction que jamais.*

Au moins! (*Lui faisant signe de venir avec lui.*) Allons, voyons, si vous voulez, je vous vends le tour du cadran ?

DES GRIEUX.

J'accepte. (*Il lui donne sa bourse.*) Tenez, prenez, c'est tout ce qui me reste.

FRANCOLIN.

Je vous laisse; j'ai affaire là-haut. (*A part.*) Avec ces pistoles-là, je vais gagner celles de Lescaut. (*A Manon.*) Mademoiselle, songez qu'on vous garde à vue; n'essayez pas de prendre votre volée.

DES GRIEUX.

Non, non, je vous le jure. Allez. (*Francolin disparaît par l'escalier.*)

MANON, *qui s'est rapprochée de des Grieux.*

Pauvre ami! il ne te reste plus rien? Eh bien, j'en suis heureuse; tu ne pourras plus me suivre.

DES GRIEUX.

Pourquoi? Mais je m'engagerai à bord du bâtiment... je servirai... je me ferai valet.

MANON, *avec un cri.*

Valet! ah! tais-toi, tais-toi! Quittons nous, te dis-je, il le faut, je le veux; adieu! (*Avec effort et retenant ses larmes.*) Et quand vous vous marierez, eh bien, si vous le voulez, gardez mon souvenir comme on garde un portrait de maîtresse; accrochez-le

dans un petit coin de votre cœur, et retournez-le de peur que votre femme ne le voie; car elle souffrirait, et il ne faut pas. (*Laissant aller sa tête sur la poitrine de des Grieux.*) Ce n'est pas sa faute si tu m'as tant aimée. (*Tout à coup l'enlaçant et avec passion.*) C'est égal ! elle viendra trop tard. J'ai tout pris, moi, dans cette moisson d'amour; je n'ai rien laissé aux glaneuses.

DES GRIEUX.

Manon, ma chère Manon, n'est-ce pas que tu mourrais si je suivais tes conseils?

MANON, *après un regard et avec un élan passionné.*

Je crois que oui. Hein ? comme je suis faible et lâche, je voulais te convaincre, et puis je ne sais comment cela s'est fait... enfin je n'en ai pas eu la force; voilà tout. Oh ! pardon, je n'ai pas même la vertu de me sacrifier pour toi. (*Des Grieux serre Manon dans ses bras; Lescaut paraît en haut de l'escalier.*)

SCÈNE VI.

LES MÊMES, LESCAUT.

LESCAUT, *très-gris et descendant l'escalier en trébuchant.*

Drôle! maroufle! si tu étais gentilhomme je t'apprendrais à suspecter la bonne foi d'un Lescaut. (*Lescaut se retourne, s'appuie en riant sur la rampe en faisant sonner ses pistoles qu'il tient dans ses mains.*) Faquin!.. ah! ah! ah! soixante-dix pistoles en un coup de dé. (*Quelques-unes lui échappent.*) Ah ! bah! largesses! (*Descendant.*) Soixante-dix pistoles. (*Apercevant Manon.*) Ah! ma cousine, enchanté de vous voir, j'ai de bonnes nouvelles à vous apprendre.*

DES GRIEUX.

Comment ?

LESCAUT

Vous allez être libre...

DES GRIEUX.

Se peut-il?

LESCAUT, *se reprenant.*

Hein ?... non... il ne se peut pas. (*A part.*) Satané champagne! Il me fait rire et parler malgré moi.

DES GRIEUX.

Manon... libre ! avez-vous dit ?

LESCAUT.

Eh bien, au fait, puisque je l'ai dit, — oui, libre, grâce à... grâce à mon crédit!... à mon influence. — J'ai vu le roi, je n'ai eu qu'à lui dire mon nom. — Lescaut, a-t-il dit? Lescaut, du régiment du roi? de mon régiment? Lescaut, dont le père était à Fontenoy, dont l'aïeul, le bisaïeul, le trisaïeul... Oui, sire ! — Alors le roi a signé la mise en liberté de Manon, et m'a fait, à moi-même, les offres les plus brillantes !.... (*Riant malgré lui.*) Non allez, ça n'est pas vrai !

DES GRIEUX.

Lescaut, vous nous faites mourir.

LESCAUT.

Si, c'est vrai; mais ce n'est pas moi qui ai obtenu... c'est un autre... et du ministre...

DES GRIEUX.

Un autre... et qui donc ?

LESCAUT.

Un gentilhomme... un vieux... très-respectable, devant lequel vous devez vous incliner, vous, chevalier, devant lequel je me découvre moi-même, parce qu'il est d'une maison plus ancienne encore que la mienne, si c'est possible !

DES GRIEUX.

Mais cet homme?

LESCAUT.

J'ai promis de me taire; discret comme la tombe! c'est ma devise; — elle est dans nos armes.

DES GRIEUX.

Mais... où avez-vous vu cette personne?

LESCAUT.

Mais dans son château, dont il nous a fait les honneurs à moi et au vicomte de Synnelet.

DES GRIEUX.

Le vicomte !

MANON, *effrayée.*

Monsieur de Synnelet.

LESCAUT.

Hein? quoi? ai-je nommé le vicomte de Synnelet?

DES GRIEUX.

Mais sans doute.

LESCAUT.

Ça m'étonne. (*Riant.*) Ah! ah! ah! Ils avaient tous l'air de portraits du temps de Pharaon, le roi des momies. Ah! ah! ah! *Devenant tout à coup sérieux.*) C'est égal!... ça n'était pas gai. —La vieille châtelaine était assise tristement près de la cheminée, à quenouille endormie entre ses doigts... elle filait! je l'ai prise d'abord pour la reine Berthe... Ah! ah! ah! J'ai dit : c'est la reine Berthe! (*Même jeu.*) C'est égal!... ça n'était pas si drôle que ça. *Des Grieux va parler, Manon lui met la main sur la bouche et lui fait signe de laisser parler Lescaut, qui est tombé sur la chaise, près de la table.*) Et le châtelain, un pauvre vieux avec des cheveux blancs, dans un grand fauteuil à oreilles! (*S'attendrissant.*) C'est bête ça, je ne peux pas m'empêcher de m'attendrir quand je pense à son fauteuil à oreilles. — Vous le connaissez son fauteuil à oreilles.

DES GRIEUX, *frappé d'une idée.*

Mon Dieu!

LESCAUT.

Il tenait un livre sur ses genoux tremblants, si tremblotants qu'on aurait dit qu'il berçait un petit enfant... (*avec des larmes dans la voix*) et il pleurait... il pleurait sur son enfant!... sur son livre, le pauvre vieux... (*Éclatant en sanglots.*) Ah! je ne l'oublierai jamais, ni lui, ni son grand fauteuil à oreilles.

DES GRIEUX.

Mon père! c'est mon père!

LESCAUT.

Hein?... est-ce que j'ai dit que?... Ça m'étonne. Ah bien! puisque je l'ai dit...

DES GRIEUX.*

Mon père! vous l'avez vu...

LESCAUT.

Comme je vous vois... et là, vrai!... je lui aurais volontiers parlé à genoux!... moi, Lescaut, je n'en rougis pas... Amour aux cheveux noirs, respect aux cheveux blancs... C'est dans nos armes.

DES GRIEUX, *inquiet.*

Mais, Lescaut... répondez... mon père?...

LESCAUT.

C'est dans nos armes.

SCENE VII.

LES MÊMES, SYNNELET, LE MARQUIS, *entrant de la droite,*

LE COMTE DES GRIEUX, *vieillard à cheveux blancs ; il paraît au fond, soutenu par des laquais à grande livrée.*

MANON.

Ah! regardez!

LE MARQUIS, *qui sort de son appartement dans une toilette recherchée.*

Qu'ai-je vu?

LESCAUT, *se découvrant et tâchant de retrouver son équilibre.*

Oh! du décorum! sacrebleu!

SYNNELET, *au Marquis.*

Voici mon argument, mon cher marquis.*

DES GRIEUX, *fléchissant un genou.*

Mon père!

LE COMTE, *d'une voix faible et lente.*

Qu'on me laisse. (*Tout le monde s'écarte; Manon fait quelques pas pour remonter; Lescaut s'approche du Comte.*)

LESCAUT, *saluant.*

M. le comte, je vais avoir l'honneur de faire préparer vos appartements. (*Il entre au premier plan à gauche.*)

SYNNELET, *bas au Marquis.*

Eh bien, et votre dénouement?

LE MARQUIS.

Je l'ai trouvé. (*Il salue et s'éloigne par le fond.*)

SYNNELET, *à part.*

Écoutons. (*Il entre à gauche.*)

SCENE VIII.

LE COMTE, LE CHEVALIER, MANON, *sur les premières marches qui conduisent à la chambre des femmes; elle s'est arrêtée chancelante et manquant de force au moment d'y entrer.*

LE COMTE, *il est venu s'asseoir à gauche.*

Monsieur, je me suis laissé persuader de quitter ma solitude pour venir une dernière fois vous montrer ces cheveux blancs que vous déshonorez.

DES GRIEUX.

Mon père!...

LE COMTE.

C'est à vous de décider si en continuant vos désordres, vous achèverez ma ruine et me frapperez du dernier coup.

DES GRIEUX.

Mon Dieu!...

LE COMTE.

J'attends votre réponse.

MANON, *à part.*

Que va-t-il dire?... (*Elle s'appuie sur la rampe, immobile et pâle.*)

DES GRIEUX.

Mon père... je vous en conjure ne m'accablez pas de cette froide colère... si vous pouviez lire au fond de mon cœur... vous auriez pitié de moi.

LE COMTE.

Encore une fois, c'est de moi que je vous demande si vous comptez avoir quelque pitié.

DES GRIEUX.

Eh bien! mon père, priez, suppliez le Ciel qu'il m'arrache au feu qui me consume; obtenez de lui qu'il me guérisse de ce funeste amour!

MANON, *à part, tressaillant.*

Funeste!

LE COMTE.

Monsieur!

DES GRIEUX.

Eh! est-ce ma faute, à moi, si Manon me paraît plus belle que la vertu?

LE COMTE, *se levant.*

Malheureux!

DES GRIEUX.

Mon père...

LE COMTE, *le repoussant.*

J'en sais assez. (*Il fait un pas pour sortir.*)

DES GRIEUX, *se jetant aux pieds de son père.*

Non... vous ne me laisserez pas ainsi; je suis votre enfant, l'enfant que vous aimez : eh bien! si le Ciel m'eût frappé d'une maladie douloureuse, viendriez-vous me maudire pour mes souffrances et mes cris? Je souffre, mon père, je sens que mon esprit chancelle, que ma raison s'égare... cet amour fut le premier et sera le dernier de ma vie.... oh! je ne m'en plains pas! mes douleurs sont mêlées à d'inépuisables délices, car j'aime et je suis aimé!...

LE COMTE.

Aimé d'une fille perdue!...

DES GRIEUX, *se levant.*

Elle... ah! si vous pouviez la voir!

LE COMTE.

Qui... moi...

DES GRIEUX, *qui a fait un mouvement et qui aperçoit Manon, court à elle et l'attirant à lui.*

Tenez, mon père... tenez, regardez-la!

LE COMTE, *se détournant.*

Mes regards ne la purifieraient pas.

DES GRIEUX.

Mon Dieu!

MANON, *se dégageant.*

Laissez, je m'en vais! je m'en vais! (*Elle va en chancelant au petit escalier qu'elle gravit avec effort.*)

LE COMTE, *après un moment de silence.*

Des Grieux. (*Il lui prend la main; Manon aperçoit ce mouvement, s'arrête encore et écoute.*) Mon fils... regarde-moi!

DES GRIEUX.

Des larmes !

LE COMTE, *l'attirant dans ses bras.*

Mon enfant, voilà bien longtemps que je pleure... et si tu voyais ta mère !

DES GRIEUX.

Ma mère. (*Des Grieux a poussé un cri étouffé et reste un instant la tête cachée dans le sein du vieillard.*)

MANON.

Pauvre Manon ! les amours sont finis (*En ce moment les chansons des buveurs se font entendre. Elle fait un mouvement et paraît éclairée d'une pensée subite.*) Ah ! (*Elle redescend, traverse la scène d'un pas rapide et s'élance par le grand escalier vers la chambre des buveurs.*) Du moins, mon chevalier, du moins... tu ne me regretteras pas ! (*Gravissant l'escalier d'un pas chancelant et envoyant des baisers à des Grieux.*) Adieu !... adieu !... (*Elle monte et disparaît.*)

SCÈNE IX.

LES MÊMES, *moins* MANON.

LE COMTE.*

Voyons, des Grieux, un peu de miséricorde pour nous tous.

DES GRIEUX.

Mais c'est impossible, mon père. . je ne puis la quitter... c'est pour moi, c'est à cause de moi qu'elle subit l'horrible honte de cet exil. Elle a partagé ma vie, vous voulez que je ne partage pas ses douleurs ?

LE COMTE.

Rassure-toi, elle sera libre.

DES GRIEUX.

Libre...

LE COMTE, *lui présentant un papier.*

J'ai obtenu moi-même cette faveur du ministre.

DES GRIEUX.

Manon serait libre ? Il est donc vrai !

LE COMTE.

A une condition...

DES GRIEUX, *avec un mouvement.*

Ah ! je devine...

LE COMTE.

Si vous l'aimez ?...

DES GRIEUX, *avec effort.*

Oui... je l'aime.

LE COMTE.

Eh bien... je vous remets cette grâce et vous laisse maître de décider de ce que vous allez faire ; seulement, si vous vous servez de cet écrit pour que cette fille reste en France, donnez-moi votre parole de gentilhomme que vous ne la reverrez de votre vie. (*En ce moment Synnelet entr'ouvre la porte de gauche, et le Marquis paraît au fond un papier à la main.*)

DES GRIEUX.

Ah ! sauvons-la, même au prix de mes jours !... Des Grieux, tout est fini... ta jeunesse est morte... (*Au Comte.*) Cette parole que vous me demandez...

LE COMTE.

Eh bien ?

DES GRIEUX.

Je vous la donne. (*Il tombe assis à droite, la tête dans ses mains.*)

SCÈNE X.

LES MÊMES, SYNNELET, LE MARQUIS, *puis* LESCAUT, LE COMTE.*

LE COMTE.

Merci, mon enfant, merci.

LESCAUT, *entrant de la gauche.*

Monsieur le comte, vos appartements sont préparés.

LE COMTE.

Chevalier, je vais vous attendre. (*Il entre à gauche, suivi de Lescaut, après avoir fait un signe de contentement à Synnelet.*)

SCÈNE XI.

LES MÊMES, *moins* LE COMTE *et* LESCAUT.

SYNNELET, *à part, avec triomphe.*

Manon restera ! (*Apercevant le Marquis.*) Eh bien! mon argument a triomphé, Manon reste, mais Des Grieux s'éloigne.

LE MARQUIS.

Voici mon dénoûment, mon cher vicomte : Manon reste, mais vous vous éloignez. (*Il lui remet une dépêche cachetée.*)

SYNNELET.

Comment ? de quelle part ?

LE MARQUIS.

De la part du ministre. Ceci ou la Bastille.

SCÈNE XII.

LES MÊMES, FRANCOLIN, MANON LESCAUT. (*Pendant le chœur qui suit, Lescaut est ressorti de la chambre du Comte et s'est approché de Des Grieux qu'il cherche à consoler.*)

CHŒUR DES ARCHERS, *on ne les voit pas.*

Air *nouveau de* M. Couderc.

Séduisants mousquetaires
Intrépides buveurs,
Remplissez tous les cœurs
Et videz tous les verres.

MANON, *paraissant au haut de l'escalier tournant. Elle rit aux éclats et pousse Francolin devant elle.*

Allons, chante donc, Francolin.—Apprends-moi ta chanson.

FRANCOLIN, *chargé de verres et de bouteilles.*

Mon gentil mousquetaire
S'est en allé-z-en guerre.

MANON, *appuyée sur l'épaule du soldat, elle a mis une fleur dans ses cheveux et son mouchoir est défait.*

Mon gentil mousquetaire
S'est en allé-z-en guerre.

DES GRIEUX, *qui s'est levé.*

Est-ce que je rêve ?

LESCAUT.

Est-ce que je suis ivre, par hasard ? (*Manon voit Des Grieux, fait un mouvement et se retourne du côté de Francolin.*)

SYNNELET, *qui a décacheté la dépêche et qui l'a lue.*

Gouverneur de la Nouvelle-Orléans ! moi !

FRANCOLIN.

Las ! il ne m'est resté
De lui que son grand verre,
Et l'écho des baisers
Qu'il me donna naguère.

MANON, *arrivant en scène.*

Et l'écho des baisers
Qu'il me donna naguère.

DES GRIEUX, *s'élançant vers Manon.*

Mais tu ne vois donc pas que je suis là !

MANON.

Si fait ! (*L'écartant.*) Ah ! tant pis, laisse-moi chanter.

FRANCOLIN, *reprenant.*

Et je n'ai pu d'honneur
Trouver un mousquetaire,
Qui pût remplir mon cœur
Et vider son grand verre !

MANON.

Qui pût remplir mon cœur
Et vider son grand verre.

(*Francolin veut embrasser Manon.*)

DES GRIEUX.

Misérable !

FRANCOLIN.

Qu'est-ce que c'est ?

MANON, *se mettant entre eux.*

Francolin, ne lui fais pas de mal, je te le défends.

LESCAUT, *bousculant Francolin.*

Si, du moins, c'était un soldat aux gardes !

DES GRIEUX.

Manon, c'est un jeu, n'est-ce pas ?—Cela va finir.

MANON.

Qu'est-ce qui va finir? nos amours? — Mais c'est fini.

DES GRIEUX.

Manon! c'est donc sérieux?

MANON, *riant.*

Ah! ah! Tu le vois bien, puisque je ris... (*Des Grieux fait un mouvement de désespoir.*) Ah! écoute, mon chevalier, je t'ai bien aimé, vois-tu, mais danie! ça ne peut pas toujours durer. (*Se troublant.*) Je t'ai aimé tant que j'ai pu.

DES GRIEUX.

Je vous en remercie, Manon.

MANON.

Adieu!

DES GRIEUX.

Adieu! (*A part.*) Le ciel a donc voulu m'épargner des regrets!

MANON, *à part.*

Oh! pas une larme! (*Des Grieux se retourne pour cacher son émotion. Avec une joie douloureuse.*) Si... (*Changeant de ton.*) Ah! bien, tu pleures!.. c'est ennuyeux... Ris plutôt; oui, bois et chante avec nous. Chante le vin et bois les chansons. *Lui tendant son verre.*) Tiens! il en reste une au fond de mon verre. Allons! à nos amours passés, (*gaiement*) à nos amours futurs!

DES GRIEUX, *répétant machinalement.*

A nos amours futurs.... (*Lui donnant la lettre.*) Tenez, Manon.

MANON.

Qu'est-ce que c'est que cela? (*Elle lit.*)

DES GRIEUX.

C'est la liberté.

MANON.

La liberté?

DES GRIEUX, *montrant Francolin.*

Oui, avec un autre.

MANON.

Ah! vous me rendez bien heureuse, monsieur le chevalier... La liberté... oui, je comprends, la liberté avec... un autre, avec celui-là. (*Francolin s'est rapproché.*) Un bien beau militaire... (*Elle rit.*) Ah! ah! ah! (*Repoussant Francolin avec horreur.*) Ah! ne me touchez pas! ah! c'est trop... c'est trop! (*Elle déchire la grâce.*)

DES GRIEUX, *qui l'a suivie des yeux.*

Que fais-tu?

MANON, *chancelant.*

Rien... j'étouffe! je meurs... (*Avec éclat.*) Je t'aime! (*Elle tombe dans les bras de Des Grieux.*)

LE MARQUIS, *consterné.*

Elle va partir!

SYNNELET, *qui a tout compris et qui a suivi cette scène avec anxiété. Avec une joie subite.*

Ciel! Marquis, votre dénouement est fort de mon goût. Le gouverneur de la Nouvelle-Orléans vous remercie.

LE MARQUIS.

Il n'y a pas de quoi, car j'espère pardieu bien qu'une fois là-bas, il vous tuera! (*Un coup de canon se fait entendre.*)

FRANCOLIN, *qui est remonté.*

Embarque! embarque!

DES GRIEUX, *aux genoux de Manon.*

Manon, reviens à toi, je ne veux plus te quitter! mon serment, (*montrant les débris de la grâce*) tu l'as déchiré, je suis libre... Viens, Manon, y a-t-il quelque chose au monde qui vaille ton amour et ton cœur! (*Il l'entraîne.*)

ACTE V.

A quelques lieues de la Nouvelle-Orléans, dans les Savanes. — Nature vierge, paysage enflammé des feux obliques du couchant. — Au fond, à gauche, par une éclaircie où va se perdre le sentier à peine frayé, la plaine, l'horizon, et pour limites une chaîne de monts arides. Sur le devant, vers la droite, un groupe d'arbres au tronc énorme, mêlant leur feuillage aux broussailles gigantesques et aux lianes du tropique. (1)

DES GRIEUX, MANON.

(*Manon est assise à droite, dans l'attitude de l'abattement et de la fatigue. Des Grieux, au fond, les yeux tournés vers la plaine, promène ses regards au loin, cherchant à reconnaître sa route. Il s'est dépouillé de son habit qui est à terre, ainsi que son chapeau et son épée.*)

MANON.

Est-ce encore bien loin où nous allons?

DES GRIEUX.

Du courage, Manon; encore quelques heures de marche...

MANON.

Ah! oui, les heures du désert!

DES GRIEUX.

Nous atteindrons bientôt quelque habitation.

MANON, *vivement.*

Tu en vois?

DES GRIEUX, *revenant vers Manon.*

Pas encore, mais...

MANON.

Attends... je vais me reposer un peu, pas longtemps... veux-tu? après, je marcherai bien vite.

DES GRIEUX.

Mais, ma pauvre Manon, on nous poursuit, on est sur nos traces; on sait maintenant mon duel avec Synnelet, on connaît sa mort.

MANON, *secouant la tête.*

Oui, c'est pour moi que tu t'es battu, toujours pour moi.

DES GRIEUX, *assis près de Manon.*

Sans doute! nous étions heureux là, à la Nouvelle-Orléans, nous ne demandions plus rien que la paix et l'oubli... Eh bien! non! il faut que cet homme arrive, plus fort et plus menaçant que jamais. Gouverneur! lui! il ordonnait, il voulait t'arracher de mes bras! je l'ai tué.

MANON, *avec un mouvement d'effroi.*

C'est vrai, il faut fuir.

DES GRIEUX.

Vois-tu, si nous pouvons atteindre ces montagnes, là-bas, nous trouverons les établissements des Anglais et nous serons sauvés.

MANON.

Tu as raison, hâtons-nous, partons.

DES GRIEUX, *à Manon qui chancelle.*

Appuie-toi sur mon bras. Tu souffres? C'est qu'aussi voilà tout un jour que tu marches...

MANON, *souriant.*

Oui; et c'est long. (*Ils font quelques pas en se dirigeant vers le fond à gauche. Regardant au loin.*) La plaine, toujours la plaine! (*Avec découragement.*) Ah! le bon Dieu a fait la terre trop grande!

DES GRIEUX.

Tu chancelles?

MANON.

Non, non... (*Avec un cri de douleur.*) Ah! c'est fini... je ne peux plus, je ne peux plus. (*Elle retombe assise.*)

DES GRIEUX.

Mon Dieu! prenez pitié de nous.

MANON.

Laisse, ce n'est rien; de l'air seulement. Que je suis folle, il n'y a que de cela ici; de l'air qui brûle. La nuit vient, n'est-ce pas?

MANON, *vivement.*

Oh ! non, non.

DES GRIEUX.

Pourquoi ?

MANON.

Pour rien (*A part.*) J'aurais peur de ne pas me réveiller... (*Haut et montrant le ciel d'un geste effrayé.*) Des Grieux, regarde donc.

DES GRIEUX.

Une étoile qui file ?

MANON.

Oui !... Est-ce que c'est vrai, dis, que c'est une âme qui s'en va ?...

DES GRIEUX.

Pourquoi ces tristes idées ?

MANON, *à part.*

J'ai cru que c'était la mienne. (*Haut.*) Nous reverrons la France, n'est-ce pas ? et cette petite maison de Chaillot où nous avons été si heureux... Ce doit être la saison des lilas !.. nous ne les verrons pas cette année, moi qui les aime tant, les lilas !

DES GRIEUX.

Je t'en prie, tâche de reposer.

MANON.

C'est drôle... il me semble que je la vois, notre petite maison, avec ses grands tilleuls... Je t'assure, je la vois. (*Changeant brusquement de ton et avec un cri d'effroi.*) Ah ! qu'est-ce que j'ai donc ?.. (*Se levant comme pour fuir.*) Qu'est-ce que j'ai donc ?

DES GRIEUX, *à part.*

Que dit-elle ?

MANON, *la main sur la poitrine.*

J'ai senti là... Je ne peux pas t'expliquer.. mais... Des Grieux, parle-moi !

DES GRIEUX.

Manon !

MANON.

J'ai peur !

DES GRIEUX.

Mon enfant...

MANON.

Regarde, mes mains sont glacées.

DES GRIEUX.

Ciel !

MANON, *avec un nouveau cri, suivi d'un court silence, puis d'une voix sourde.*

Je comprends tout. (*Elle fléchit et se laisse tomber à terre.*)

DES GRIEUX.

N'importe ; restons ici quelques instants.

MANON.

Oui, comme cela. (*Reposant sa tête contre la poitrine de des Grieux.*) Ah ! qu'on est bien ainsi !

DES GRIEUX.

Veux-tu essayer de dormir ?

DES GRIEUX, *à part.*

Quelle pâleur !

MANON, *se soulevant vers lui.*

Du courage... tu vivras, je le veux... Je veux que tu me le jures ?

DES GRIEUX.

Pourquoi ?

MANON.

C'est que moi... je vais mourir.

DES GRIEUX.

Mourir ! mais non, non !... Mon Dieu ! est-ce que personne ne viendra ? (*Il court au fond.*) Ces gens qui me cherchent, qu'ils viennent ! (*D'une voix retentissante et avec égarement.*) A moi ! à moi !... qu'ils me prennent, s'ils le veulent, mais qu'ils la sauvent ! (*Revenant à Manon.*) Tu as froid ! attends. (*Il veut la couvrir de son habit.*)

MANON.

C'est inutile, va.

DES GRIEUX, *se tordant les mains.*

Manon, mais ne dis donc pas cela...

MANON.

Pourquoi te désespérer ?

DES GRIEUX, *sanglotant.*

Oh !

MANON.

Ne pleure pas... Dieu est bon , vois-tu... il veut que ma mort rachète ma vie, et il permet que je meure à vingt ans avec ton amour, avec le mien... Mourir ainsi ! mourir aimée ! mais c'est un pardon du ciel ! Oh ! je t'assure, je n'ai plus peur... Viens, dis-moi adieu.

DES GRIEUX.

Non ! non ! pas adieu !... je veux te sauver ; je veux t'emporter d'ici !... (*Il veut la soulever, et la voyant pâle et immobile.*) Manon, réponds-moi ! (*Depuis un instant l'orchestre fait entendre, sur un mode doux et lent, les premières mesures de la chanson favorite de Manon.*)

MANON, *d'une voix qui s'éteint.*

Tout est fauché... la place est nette....

DES GRIEUX.

Oh ! ce souvenir...

MANON.

Nouez votre dernier bouquet.

DES GRIEUX.

Tais-toi, tais-toi.

MANON.

Car la... petite pâquerette
Est morte... avec le serpolet.

DES GRIEUX.

Manon ! ne m'abandonne pas !

MANON.

Car la... petite pâquerette...
Est morte... avec le serpolet.

(*Sa tête retombe, Des Grieux la regarde, pousse un cri déchirant e toure de ses bras Manon expirée.*)

FIN.